Cristiane Sobral

Amar antes que amanheça

malê

Todos os direitos desta edição reservados à
Malê Editora e Produtora Cultural Ltda.
Direção: Francisco Jorge & Vagner Amaro

Amar antes que amanheça
ISBN: 978-65-87746-29-6
Arte da capa: Josafá Neves
Edição: Vagner Amaro
Revisão: Viviane Marques
Editoração: Maristela Meneghetti

Texto revisado segundo o novo Acordo Ortográfico da Língua Portuguesa.
Proibida a reprodução, no todo, ou em parte, através de quaisquer meios.

Dados internacionais de catalogação na publicação (CIP)
Vagner Amaro – Bibliotecário - CRB-7/5224

---

S677a  Sobral, Cristiane
      Amar antes que amanheça / Cristiane Sobral. – Rio de Janeiro: Malê, 2021.
      140 p.; 21 cm.
      ISBN 978-65-87746-29-6

      1.Conto brasileiro I. Título
                                      CDD – B869.301

---

Índice para catálogo sistemático: Conto: Literatura brasileira. B869.301


2021

Editora Malê
Rua do Acre, 83, sala 202, Centro, Rio de Janeiro, RJ
contato@editoramale.com.br
www.editoramale.com.br

# Sumário

Prefácio: Veredas do sentir ............................................................. 5

Ela espera ........................................................................................ 7
Oásis, abismos e precipícios ........................................................ 13
Akutadila, filha da kalunga grande e da terra .......................... 19
Capita-listas .................................................................................. 25
Daforim: ebó para os ventres adoecidos ................................... 35
O outro lado da moeda ............................................................... 43
Não seremos mais amantes amanhã ......................................... 53
Ás de espadas ............................................................................... 59
Amor de algodão .......................................................................... 65
Asas para Esmeralda ................................................................... 73
Relampeou .................................................................................... 83
Para sempre vou te amar ............................................................ 89
Cândido Abdellah Jr. ................................................................... 95
Mandinga .................................................................................... 107
223784 ......................................................................................... 117
Amar antes que amanheça ........................................................ 129

*Dedico aos meus filhos Malick Jorge e Ayana Thainá*

"Mas eu sou forte!
Não deixo nada impressionar-me profundamente
Não me abato"
Carolina Maria de Jesus

## Veredas do sentir

Quando a matéria com a qual se trabalha é a literatura, adentrar um livro é algo que se faz de lápis na mão. Vamos reconhecendo as metáforas, desvendando as camadas e criando pontes entre os silêncios. Ler Cristiane Sobral, porém, é algo que vem atravessado, antes de qualquer ruído acadêmico, por um despertar dos sentidos. Entramos em contato com o ventre da terra, com o calor dos corpos que se amam, banhamo-nos nas águas que circundam os textos, escutamos os cânticos para os orixás, rimos e nos espantamos, enquanto vamos nos (re)conhecendo em seu criar que lembra os movimentos cíclicos da natureza com os quais dialoga desde o título.

Ler Amar antes que amanheça é uma experiência de encantamento que se sustenta na urgência desenhada neste intervalo de tempo cujo eco atravessa várias das narrativas e, também, o ato da leitura. O ritmo dos acontecimentos, perpassado pela voz narrativa astuta, indica a iminência de uma mudança, quebrando a falsa estabilidade do cotidiano (estável para quem?). De repente, o caminho pensado, o final possível, se transforma em outros, múltiplos, vários. Não é uma das funções da literatura embevecer e criar estreitamentos entre quem lê e o universo descrito?

Estreitamento este que também é alcançado por meio dos temas trabalhados. Dentre eles, temos os imediatos e amplos, como a pandemia de coronavírus e o trânsito das personagens pela urbe, mas também outros específicos como o cotidiano das relações entre personagens homoafetivas, além do direito de se ocupar espaços de poder como vemos em "Relampeou", focado na experiência de uma personagem transgênero. É, no entanto, em "Daforim - Ebó para os ventres adormecidos" que um dos temas mais caros à literatura de Sobral – o existir e atuar no mundo como mulher e, especialmente, como mulher negra –, é observado de forma mais visceral e profunda. Quem acalanta este corpo solitário? Servimos, você e eu, de escuta às vivências elucidadas? Abrimos nossos peitos fartos de dor? Somos "um pouco mais amorosos"? Invertemos a lógica? Pensamos também um mundo às avessas?

Valendo-se de sua trajetória no teatro, Cristiane Sobral quebra o distanciamento com quem a lê e cada detalhe é meticulosamente pensado para impedir o conforto. Sua escrita nos chacoalha, nos convida à ação, a examinar nosso lugar no mundo. Há até quem seja despertado de seu sono injusto, de sua crença "no mito da democracia racial", de seu desejo de que tudo permaneça "como antes" quando há uma mudança em curso como vemos em "O outro lado da moeda".

Em um mundo no qual políticos plantam pedras, eu convido você a navegar comigo nestes contos que semeiam desejos, afetos, incômodos. Há muito que se caminhar, mas não vamos sós. O amor é possível, ainda que nas asas de algodão de alguma esperança e sua poesia, antes que amanheça.

Cris Lira é uma leitora apaixonada, escritora, doutora em línguas românicas pela Universidade da Geórgia e diretora do programa de português na Universidade de Iowa nos Estados Unidos.

# Ela espera

Na estação rodoviária de uma grande capital, o dia está quentíssimo. Uma mulher espera, transpira sendo amparada pelos seus lenços umedecidos. A espera é tão nítida que fica visível na sola do calçado, um sapato bege, fechado, tipo Anabela, símbolo de feminilidade e conforto. Observando com mais atenção, é perceptível. Ela tem urgência em encontrar alguém, isso está escancarado em seus pés ansiosos constantemente em movimento, revelando tensão e irritabilidade.

A moça veste um terninho tradicional cor de telha bem passado, não parecia ser uma peça tão nova, mas demonstrava capricho e cuidado. Seus cabelos estão lisos e escovados, parecem tratados por produtos químicos e manipulados por secador e chapinha, não têm um aspecto de naturalidade. A suma imagem indica uma preparação detalhada e sugere a possibilidade de um encontro importante. Invadem as retinas atentas, ainda, as mãos segurando um terço de contas de madeira e uma Bíblia. É uma mulher pequena, negra, de face miúda e formas estreitas. Nos ombros carrega uma bolsa transversal pequena.

Nessa mulher, cujos suspiros soam profundos e esperançosos, tudo aguarda. Não há indícios de um flerte com o presente. Está sozinha e espera alguém ou o que quer que seja, fato futuro. Depois de um tempo andando de um lado para o outro, parou no balcão de um bar:

– Por favor, um salgado assado e um suco de maracujá desse da máquina. Aceita cartão?

As esfirras demoraram, o bar não tinha lugar para sentar em parte alguma, perto dali impregnava o ar o forte odor do banheiro masculino. Momento de quiproquó cheio de angústia e insatisfação da moçoila. Não era um lugar para esperar muito tempo. De vez em quando ela abria a bolsa e olhava o celular. Mãos sempre nervosas que pareciam querer chorar.

A impaciência estava ali, olhei mais atentamente para os seus pés, talvez o número fosse 36, saltitante, no seu vaivém refletido pelo farol dos ônibus e na insistente consulta ao relógio. Mas, a interpretação do fato sempre pode ser maior do que o fato em si. Por isso eu, como narrador, devo ser sempre questionado, talvez esteja aqui simplesmente para causar conflitos, para ser a peça-chave de um enredo.

Eu, que apenas observava enquanto contava a história, comecei a sentir que já estava invadido por sentimentos por ela. A contemplação da sombra daquela mulher sonhadora mexeu comigo profundamente! No fundo eu queria dizer: "Moça bonita, espere por mim, espere, por favor, estou chegando! Não sou dos que atrasa nem falta. Ah, eu também ligo no dia seguinte".

Claro que fiquei interessado. Uma mulher que espera assim é puro charme, sexy, quem sabe até um bom partido. Havia nela, inclusive, certos traços visíveis de cumplicidade. Quem espera, espera por alguém ou algo. Mas vejam só, eu nem sou personagem dessa história. Que ousadia a minha, querendo invadir a ficção e ganhar vida própria, ora vejam. Não pude recusar o arroubo inevitável. A arte vai além da vida, provoca emoções. Nesse caso, fui totalmente afetado. Me apaixonei por ela.

Tenho a impressão de que ela percebeu que eu estava de olho, talvez seja arrogância minha, porque eu nem estava ali, mas sonhar não era crime. Apenas suspeitava de certo atentado ao amor-próprio, que ela mesma praticara. Esperar demais não é um gesto de amor consigo, nem uma boa estratégia de gerência dos afetos. Ali, naquela rodoviária, onde ela estava desde o início dessa história, havia certa fé ofegante naqueles pequenos seios, no apoio das pernas trocadas e na ansiedade dos lábios apertados, já sem batom.

Não me trouxe satisfação encontrar uma moça tão bonita tanto tempo ali, como se não tivesse valor para alguém. Eu olhava para ela e já estava detestando a tal da espera, seja lá por quem fosse. A espera tinha tons pastéis, como uma expectativa sem graça por alguém que não ousava aparecer. Quem seria? A espera entrou de sola naquele sapato fechado tipo Anabela, eu conhecia bem esses sapatos, minha mãe sempre usava. Mas aquela moça me deixou muito curioso, parecia estar se escondendo. A espera ia apertando, de um salto a outro, naquele calçado bege.

A mulher parecia meio sem graça, depois de tanto tempo. Tão sem jeito quanto aquele sapato de ponta de estoque bege que usava, seus cabelos foram se desarrumando aos poucos, estavam quase desgrenhados. Eu disse a vocês antes que o dia estava muito quente.

No momento clímax, estourado como um tiro surpresa, ela chegou ao limite. Andando o mais rápido que pôde, como quem finge que vai receber alguém, mas eu vi, não chegou ninguém, ela parecia até estar com lágrimas nos olhos. Não exibia expressões de raiva, aparentava estar triste e decepcionada. Ofereci ajuda, quem sabe poderia chamar um táxi. Puxei papo, dei meu telefone, aproveitei a ocasião do diálogo e entrei na história.

Confesso que me senti meio idiota, tenho certeza de que quando falei com ela fui meio ridículo. Mas não posso negar. Tive a ousadia de entrar no conto e paquerar a protagonista, isso era privilégio meu. Ela era encantadora mesmo decepcionada, parecia tão mulher, uma humana tão vulnerável que até mesmo exibia seus fracassos, isso era lindo e raro.

No fim, pegou o papel com o meu telefone, acho que por

educação mesmo. Senti uma frieza, como se para ela eu estivesse meio invisível, o que uma personagem da ação central iria querer com um narrador como eu? Por outro lado, talvez não fosse comigo a questão do descaso, diante do tempo enorme que esperou e da relação com esse ou essa que tanto aguardava, foi como se fogos estourassem e ainda machucassem os dedos. Parecia estar meio murcha. Um pouco antes, vi o exato momento em que esqueceu a Bíblia no balcão do bar quando saiu após o lanche. Peguei e entreguei a ela o livro sagrado. Ela respondeu, entre a surpresa e o susto:

— Por que você tá me observando por tanto tempo? Olhando de cima a baixo, analisando detalhes, você acha que eu não vi? Vocês, homens brancos, pensam que são o centro do mundo. Por que eu deveria dar alguma satisfação sobre a minha vida? Eu pedi ajuda? Conheço você? No mínimo tá querendo saber quem eu tô esperando, mas veja, isso não é da sua conta. Nunca se esqueça de que cada um tem o seu ponto de vista dentro da história. Pra mim, você é um chato que tava o tempo todo invadindo o meu espaço. Coloque-se no seu lugar. Por essa eu não esperava. Definitivamente, passar bem.

**Oásis, abismos e precipícios**

Quando Joana leu, nunca mais esqueceu a história da mulher estéril que teve filhos na idade madura. Não sabia por que não engravidava, nem os médicos acharam o motivo. Joana sofreu sempre com isso, tratamentos, chás, ervas, rezas, nada. Andava nas ruas vendo as mulheres grávidas, achava tão lindo, mas depois sempre chorava. O tempo foi passando e ficou cada vez maior o conflito do desejo não realizado.

Aos quarenta anos, sem sangue entre as pernas, sem crescimento da barriga, sem leite nos seios, aconteceu o milagre plantado no seu subconsciente desde o contato com aquela ficção. Matriarcou do seu jeito, os seus rebentos não saíram, entraram: dois irmãos de dois anos que a mãe entregou para a adoção. Libertação. Foi dia de festa, finalmente chegaram os seus filhos. Como eram lindos. Negros tão escuros, de pele reluzente, foi amor à primeira vista. Lambeu e limpou suas crias como fazem as mães. Teve medo e tristeza como todas elas.

A maternidade era um lugar desconhecido e íntimo, de oásis, abismos e precipícios, era também um espaço de morte e renascimento. No entanto, maternar não era uma estação, um oásis, havia ódio, raiva, desespero também. Quando aninhou pela primeira vez seus dois filhos no peito, os olhos castanhos deitaram lágrimas e os seios jorraram leite, como mangueiras abertas a esguichar cuidado.

Depois deles, Joana era outra. Não andava mais de cabeça baixa, nem aturava qualquer ofensa, eles inundavam tudo com intrepidez e ousadia. Conviver com eles também foi assustador. Eram gêmeos. Dois meninos de dois anos cheios de energia e demandas. Duas lentes vivas a espelhar seus passos. Nunca se enxergou tanto. Começou a receber presentes sem saber que em

Gana, assim como em vários países da África, essa era a tradição. Começou a receber sorrisos, porque as mães precisavam de alegria. Também renasceu nela a vontade de viver para sempre, para acompanhar seus pedaços de consciência.

Não vieram no momento certo, não havia se preparado, tudo aconteceu de repente. Estava morando em Gana, em Douala, trabalhando como cozinheira. Foi para lá por conta do convite da família de diplomatas camaroneses para quem já trabalhava no Brasil. Foi complicado administrar as atividades diárias com o cuidado com as crianças, a benção foi ter conhecido uma camaronesa, Zuri, que ficava com as crianças enquanto Joana trabalhava. Os patrões também deram grande ajuda.

O que sentia? Um eterno gozo, uma vontade de amar, de enfrentar qualquer parada, uma força que não abrandava, uma agonia pelo bem viver. Eles eram senhores e fizeram dela rainha, tinha agora a força para honrar os seus. Aqueles pequenos olhos pareciam dizer que ela saberia o que fazer. Não sabia o que seriam as crianças, não sabia mesmo.

Os primeiros desafios da criação foram inesquecíveis. Adivinhar e entrar no mundo das crianças não era para qualquer um. Talvez eles fossem seres de outros mundos disfarçados de humanos. Mas sobreviver, agradecia agora, seria sempre possível pelo amor a si mesma, recém-descoberto na convivência com os filhos.

No dia de Oxum resolveu mostrar o rio Wouri aos filhos. Contar para eles a história do nome Camarões, porque de fato aquele rio tinha muitos camarões, o que atraiu os colonizadores. O rio, hoje chamado Wouri, foi chamado no início de tudo de Rio dos Camarões, nome que depois foi adotado pelo país. Wouri nasceu do encontro entre os rios Ykam e Makombé. Joana queria mostrar a riqueza do rio, da maternidade, a bênção das águas que tudo moviam nesse mundo.

Era início de noite. Ela queria mostrar como a natureza era fonte rica de alimento, imaginem um rio cheio de camarões? Queria que eles entendessem que na natureza estava a raiz de riqueza. Falou sobre a importância de cuidar da natureza, e também da natureza material, os nossos corpos. Joana procurou, na linguagem dos meninos, explicar que ao cuidar somos cuidados.

Os meninos ouviam tudo, olhos atentos. Ali ficaram por um bom tempo, brincando, trocando carinhos, comeram juntos a ceia que a mãe levara para eles e o grande presente para as águas também foi entregue. Havia muito amor. Os meninos dormiram logo e Joana ficou ainda muito tempo contemplando o rio e agradecendo a bênção da fertilidade. Lembrou da história da mulher infértil. Entendeu que não havia esterilidade no mundo das mulheres, que todas eram matriarcas, muito além do parir.

Joana, realizada em seu conflito maior e mais íntimo, depois de tantos anos de insônia, também foi dormir. Havia preparado tudo para o pequeno acampamento. Descansou, sentiu o prazer do sono apaziguado, descoberta tão recente. Acordaram felizes, renascidos, as águas disseram que haveria caminhos, sempre.

**Akutadila, filha da kalunga grande e da terra**

O amor é um estado no tempo e no espaço, é uma nação. Seus impérios circundam o planeta desde os primórdios. Certo dia, em profundo estado de afetação, a terra engravidou o mar. Isso ocorreu no tempo mais cheio, quando o nível das águas chegou ao seu topo, no extremo da força gravitacional. A maré de ondas compridas, restauradoras e perturbadoras, rompeu incontrolável.

Olodumaré, cumprindo os ditames do tempo e das existências, cortou o fio de prata e arrebentou a placenta na areia. A kalunga grande chorou salgada, derramando espuma leitosa, e o céu mandou chuva fina quando as águas deitaram a vida na terra, na madrugada, às três horas da manhã, momento escolhido pelo senhor das folhas sagradas, que com sua magia e mistério contribuiu para forjar a identidade natal.

Akutadila nasceu filha do mar e da terra, encruzilhada na areia. Descendente da gravidade e da inércia, chegou para cumprir seu ciclo. Em qualquer reino, cada um nasce e escolhe, ainda que não tenha consciência, a própria cabeça, entrelaçada pelas histórias dos seus antepassados, e leva o seu legado até os seus descendentes.

Na areia úmida, onde o vento sussurrou agitado e morno, seus olhos arregalados pareciam encantados, brilhavam como os búzios de Oxum. Só o amor tem olhos. Ali, deitada no colo da noite escura, banhado pela lua, seu corpo mínimo já parecia saber como respirar para se manter vivo.

Sobreviver é pouco quando o objetivo das almas é ter uma boa vida. Para viver, Akutadila deu nó em pingo d'água, teve que dar seu jeito, produzir a própria magia, aí não é questão de ter mão boa, é questão de fazer. E deu certo. Mamou no seu próprio peito. Resistiu aos tempos duros com os alimentos abundantes, oferendas da natureza sagrada. Nasceu sozinha, mas nunca esteve só.

Chegou sob o cuidado da enormidade da existência marítima e dos seus horizontes. Recebeu o dom do espaço e do tempo, a consciência da separação necessária, o livre trânsito para que forjasse seu próprio trilho. Ela, oferenda para o planeta, teve que ser seu próprio ebó.

Os seres em estado miúdo costumam ter na terra um tempo de passibilidade, de proteção, de encantamento. Logo cedo descobriu que nascendo em um corpo negro essa etapa seria historicamente abreviada. Entendeu a relatividade do tempo.

Logo que começou a se aventurar pelo mundo, sem o amparo físico nem os sorrisos que consolavam e apoiavam seu crescimento, tentou tatear algo palpável. Em vão. Reconheceu, pela primeira vez, que seu corpo negro, frágil e adulto corria risco de estar em tal estado de desproteção quando viu outras mulheres. As moças, as mais velhas, as senhoras, todas pareciam um pouco assustadas, com olheiras múltiplas e cicatrizes abundantes. Será que, como ela, nas madrugadas essas fêmeas também olhavam a lua e as estrelas e pensavam em partir para algum lugar longe da dor?

Os colonizados e as corridas eram sinônimos. Nascer fêmea era a diária descoberta de um perigo iminente, uma traição para combater, uma exploração na ordem do dia, algum tipo de abuso. Mas também era descobrir uma força insana, uma gana fortalecida no sangue que escorria entre as pernas. Era descobrir uma sexualidade fértil, feiticeira e fazedora de cabeças.

Já solta pelo mundo, sempre que podia, voltava à kalunga grande para recarregar as energias. O mar acalmava muito seu coração, mas também trazia revolta, angústia e choro. Seu pai e sua mãe, a terra e o mar, sempre procuravam lembrar que ela ali estava por um propósito, que tinha missão a cumprir, o quanto lhes custara a separação da filha, enfim, provas que teria, que todos esperavam muitíssimo para que ela pudesse avançar, como se estivesse sendo impulsionada pelos seus antepassados. Ela precisava dar o grito para o avanço da manada.

Teria que enfrentar desafios pelos quatro cantos do mundo, a solitude da mulher negra era o seu exercício diário. Mas não tinha medo de ficar só. Quando chovia e estava no mar, chorava tudo o que precisava. Chorar parecia alguma forma de criação de um exercício ético de atitudes. Gritar também libertava muito, espumar de raiva fortalecia as carnes. Meditar trazia forças ocultas.

Aos 21 anos, depois de uma grande decepção, desejou ter morrido. Tentou se jogar no mar, mas a onda trouxe seu corpo à superfície. Quando voltou, passou dias desacordada na areia e tanto tempo consigo mesma fez com que gozasse pela primeira vez. Explodiu de alegria e poder.

Estar sozinha era uma forma de preparar a chegada da manada. Começou a forjar ferramentas de guerra, treinar os sentimentos e a fortaleza interior, matando todo o medo, descobrindo poderes e uma beleza infinita ao se olhar no espelho. Era necessário vencer pela beleza. Começou a testar os limites do próprio corpo, aprendeu a lutar e guerrear sozinha, brandindo contra o vento, desafiando a si mesma.

Quantas provas insuportáveis viveu? Sabia que o seu povo era sofredor, mas que antes havia construído tudo o que havia. Nunca aceitou ser reconhecida como descendente de perdedores. Andava de cabeça em pé, com a consciência plena. O único peso que levava com amor era o da coroa que se orgulhava de carregar.

De vez em quando as ondas traziam seres mágicos contadores de histórias, assim foi aprendendo a vencer com as vitórias do seu povo, conhecendo a linhagem de mulheres poderosas e também de mulheres ultrajadas na sua linha matrilinear. Pelo oceano, tiveram que lutar pelas próprias vidas, criar raízes para uma árvore genealógica no fundo da kalunga grande. Estavam todos ali, diante dela, quando colocava os pés na terra e molhava os dedos no mar. Ouvia as vozes das matriarcas. Uma delas carregava uma coruja branca nas mãos.

"Ah, minhas mães feiticeiras, eu não daria conta sem vocês."

Amava a liberdade, a preparação para a construção de outro tempo. Elas chegariam, voltariam por meio do seu corpo e da sua descendência. Akutadila já estava preparada para cumprir sua caminhada. Ela, mãe primeira em existências outras, matriarca de um clã supremo de mulheres negras.

**Capita-listas**

Estoque para seis meses:
288 pacotes de 12 unidades de papel higiênico
6 isqueiros
96 caixas de sabão em pó de 1kg
48 detergentes de 500ml
24 recipientes de desinfetante de 1l
24 pacotes de Bombril
24l de água sanitária
12 recipientes grandes de amaciante de 2l

Para início de conversa, sou um filhinho de mamãe, dessas que cuidam mais dos filhos do que da própria vida. Adoro ser paparicado. Mas sou um chato, escolhi ser como estratégia, assim marco mais a minha presença. Meu nome é André Luiz, Andrezinho. Sou desses que não tem saco para nada, ou melhor, tenho um saco, mas serve para outras finalidades. Deixa esse meu saco quieto.

Eu estou já ansioso, doido para falar de listas, sou apaixonado por listas, elas impactam, são entidades autônomas, dominam os humanos. Não há nada que supere as listas, elas são a minha maior realização. Para que vocês entendam melhor, por exemplo, a lista anterior é a medida exata, o cálculo matemático, para manter higienizado um lugar onde vivam quatro pessoas durante um semestre inteiro. Leiam com atenção.

Seis meses. Tempo de cumprimento de rotina e repetições como comer, dormir, consumir, tirar e colocar a sujeira do mundo, trabalho esse interminável.

Só para se ter uma ideia, 288 pacotes com 12 unidades de papel higiênico são suficientes para limpar a merda feita por quatro indivíduos adultos, civilizados, durante seis meses de existência. Sem falar dos visitantes ocasionais e das também esporádicas, embora indesejadas, dores de barriga, que podem duplicar ou até mesmo triplicar o consumo de papel higiênico. Tudo isso considerando que uma pessoa normal faz cocô duas vezes ao dia. Como a normalidade é rara, essa conta pode ser bem variável. Se as pessoas se lavassem depois de fazer as suas necessidades fisiológicas haveria um grande impacto na economia mundial.

Seis isqueiros acendem e apagam a fome durante seis meses. Sem falar nos incensos, velas, defumadores, etc. Porque a alma também tem fome. Quiçá uma fome insaciável. Como gostamos de viver, torcemos para que essa tal alma fique em nosso corpo e mantenha a energia vital sempre acesa e acolhedora. A nossa vida depende disso. Nesse caso, não contam os cálculos matemáticos e sim os terços rezados, os joelhos dobrados, as campanhas de libertação nas igrejas, o trabalho das benzedeiras. Uma prosperidade que não pode ser mensurada em cifrões.

Ah, esqueci dos sacos. Eles são um saco. Um não. 1000 sacos em seis meses. Nessa parte das capita-listas confesso que não me senti bem, tive uma crise de ansiedade terrível, não tenho dom para administrar sacos. Tive medo de matar alguém e enrolar em sacos para me vingar desses plásticos. Mil. Poderiam ser mil e uma noites, mas essa, repito, foi essa a quantidade acumulada na sacada de um apartamento funcional com quatro habitantes durante seis exatos meses. Plásticos. Onde foi possível que tudo coubesse. Aí o meio ambiente indo embora. Num saco. E pensar que existem pessoas ganhando dinheiro enchendo o saco dos outros nos caixas de supermercado de um mundo tão moderno. Em tempos líquidos. O esquisito é que algumas pessoas são tão arrogantes que acreditam serem incapazes de encher o próprio saco, seres do tipo "eu sou o máximo e não dou mancada". Que saco!

Vocês devem estar se perguntando qual é a minha com essa conversa, o que eu faço da vida, qual o meu objetivo central. Vamos por partes. Tenho 45 anos, sou negro, de pele bem escura. Desde os quinze anos fui diagnosticado com esquizofrenia. Sempre perturbei os outros por prazer, inclusive sendo uma pessoa muito inconveniente e debochada, o que irritava profundamente as pessoas. Nunca dei bola para isso, um esquizofrênico não tem empatia. Como eu poderia dar o que não tenho?

Passei uns anos tendo uma vida boa enquanto minha mãezinha estava viva. Infernizei geral. Nem dá para contar a lista de besteiras que fiz, todas encobertadas por ela. Eu conhecia bem os pontos fracos da mama, mulher carente, viúva, se acostumou a ser abusada por mim. Eu vivia como um príncipe. Mandava geral. Era só fazer cara de mal e começar a me tremer que eu conseguia tudo.

Nessa típica família preta brasileira de classe média eu era o caçula doente e problemático, filho de militar, com dois irmãos mais velhos e bem-sucedidos que também limpavam a minha barra para não envergonhar a família.

Infelizmente, vivi um momento difícil. A partir dele, minha vida mudou completamente. Embora eu nem tivesse chorado no enterro, minha mãezinha morreu. A velha era hipertensa, diabética, tinha problema no coração. Passou mal em casa, foi internada e não durou nem uma semana no hospital. Foi triste sim, mas morrer é coisa normal, né, gente? Todo mundo um dia morre.

Junto com a ausência dela foi enterrada a paciência e a benevolência dos meus parentes. Eu já não era o queridinho da família, aliás, nunca fui, quem sempre me deu cobertura foi a Dona

Maria, vulgo mamãe. Pensando bem, vamos encarar a realidade: estava ficando surreal até para a ficção, um negro esquizofrênico brasileiro numa boa do início ao fim da história.

Com a morte de mamãe, fiquei morando só e com uma cuidadora contratada pela família. Aos poucos, comecei a conhecer o mundo branco lá de fora, saindo sozinho, encarando o dia a dia. Comecei a entender: minha mãe me mantinha em uma caixa preta, sempre estive seguro. Com dificuldades de enfrentar a partida dela e uma realidade onde eu teria que dar conta de mim mesmo, comecei a surtar com essa questão das listas e da mania de limpeza que eu sempre tive.

Uns meses depois, fui passar um final de semana na casa do meu irmão Jorge. Era casado com a Juliana, uma branca rica dessas bem arrogantes, não fui com a cara dela desde o início. Como eu queria aprontar, pedi, fazendo minha cara de bom rapaz, para fazer uma faxina enquanto eles saíam para passear. Ela achou lindinho:

– Como assim, eu fazia outra imagem do seu irmão, você sempre disse que ele era doente mental, esquizofrênico, né? Não imaginava que fosse gente boa e até preocupado em ajudar a família. Sabe o que eu acho? É um sinal, um milagre de Deus. Obrigada Andrezinho, foi o Pai que trouxe você aqui, que bênção! O que você acha de ir comigo à igreja e aceitar Jesus? Sua vida vai mudar. Geralmente essas doenças, no fundo, são maldições espirituais, você só precisa de libertação, vamos cuidar de você. Pra Deus nada é impossível.

– Juliana, você tá esquecendo que eu sou policial, trabalho com gente assim, entro nas casas, vejo coisas terríveis. É muita inocência sua, né? Ou então é arrogância espiritual. A ciência tá aí estudando essas doenças há séculos e você acha que vai resolver apenas com oração? Tô dizendo, acho melhor você não exagerar, você não sabe com quem está se metendo. Conheço bem o Andrezinho, meu finado pai sempre dizia: "É melhor não bater palma pra doido dançar".

Juliana ficou assustada.

– Nossa, que maldade, isso é preconceito, deixa seu irmão em paz. Esse rapaz já deve ter sofrido na mão de vocês.

\*\*\*

Ah, importante dizer: o casal não tinha filhos, apenas um gato e um cachorro criados cumprindo ali o papel de crianças. Logo que saíram, Andrezinho se sentiu em êxtase, ligou o som, colocou Black Sabbath no último volume. Começou a faxinar, sua mania de limpeza era insaciável. Depois de umas duas horas, serviço completo, deixou o ambiente impecável, mas ainda estava com um desejo de lavar a alma. Foi organizar a área se serviço. Lá estavam o cão de pequeno porte, tipo Shih Tzu, e o gato vira-lata, que dormiam juntos em uma caminha fofa. Olhou para os dois:

– Agora que estamos aqui sozinhos eu vou jogar a real: acho sem sentido esse negócio de criar animais. Olha o tanto que vocês cagam e comem. E o que vocês fazem? Nada. Vocês são um saco, olha como estão imundos. Mas fiquem de boa, também vou lavar vocês. Encardidos!

Esfregou, esfregou, enquanto os bichinhos ficaram ali parados, assustados. Pensou: "Vou colocar eles de molho, pra dar uma clareada". Encheu uma bacia grande e mergulhou o cão e o gato, que tentaram sair, mas ele foi firme e usou uma voz de comando:

– Fiquem aí, preciso deixar tudo limpinho!

Empurrou os bichos cada vez mais para o fundo da bacia. Depois que terminou, eles ficaram outros. Andrezinho colocou os dois de volta na caminha do jeitinho em que estavam, ficaram ali, dormindo juntos, só que agora mortos.

Sentou na sala bem tranquilo, continuou a ouvir o rock pesado e sentiu a paz do dever cumprido. Só ficou um pouco chateado porque percebeu que um dos braços estava arranhado. Devia ter sido o gato. O gato deu mais trabalho. Limpou exageradamente a área. Cochilou um pouco.

Quando acordou, o irmão já estava na sala, a cunhada na área de serviço gritando, chorando desesperada pelos bichos. Seu irmão, morrendo de ódio, sabia que como ele era doente mental era também inimputável, não podia fazer o que sempre quis em cada uma das vezes em que ele aprontou: dar uma surra e com gosto. Fez melhor: aquela era a oportunidade de se livrar dele de vez. Ligou para o Samu, o serviço de emergência.

Andrezinho entraria em um mundo branco de vez. Quando chegou à Clínica de Recuperação Renascer todos vestiam branco, percebeu que também eram brancos. Logo fizeram sua ficha, mostraram sua cama, tomou banho e vestiram as roupas de hospital. Brancas.

\*\*\*

No início, pensei que voltaria aos tempos de mamãe, porque havia pessoas para me servir. Isso durou pouco. Tentei meu deboche habitual, mas sendo um debochado de 25 anos, acima do peso, com 1,90 de altura e negro logo fui enquadrado no ritual da Clínica Renascer: pancada e remédio.

Depois de um tempo, quase o dia todo amarrado, contido

com medicações fortíssimas, não tinha forças nem para tentar me soltar. Descobri que não sairia dali, não recebia visitas de ninguém. Disseram que meu caso era grave, que eu era um perigo para a sociedade. Fiquei um pouco triste, só um pouco. Para passar o tempo comecei a fazer listas. Quem disse que eu não sei fazer nada e só faço maldades? As pessoas nunca me entenderam. Eu sempre quis higienizar o mundo. Minhas listas preferidas eram as de materiais de limpeza, comecei a fazer para mim e para os outros três homens que estavam na mesma ala que eu. Sempre fui apaixonado por números, sempre quis estudar matemática ou física, mas os meus pais achavam que eu não daria conta de uma vida funcional.

Mesmo com as chatices do manicômio, fiquei esperto para não apanhar tanto e viver dopado, mas tive também minhas recaídas aprontando aqui e ali. Com o tempo, comecei a planejar coisas, encontrei um objetivo de vida: sair dali, dar um jeito de pegar o dinheiro que mamãe deixou para mim e abrir uma empresa de limpeza, onde eu iria lucrar muito porque sempre fui um gênio incompreendido, criador das indispensáveis capita-listas.

# Daforim: ebó para os ventres adoecidos

O início dessa narrativa tem uma introdução imprescindível: a personagem principal é uma mulher que deve escrever uma carta em papel preto e letras vermelhas. Suas falas não devem ser lidas em silêncio, por favor, respeitem o princípio da oralidade. Leiam em praça pública, onde houver gente, gritem alto e respeitem as pausas dramáticas. O choro é livre, mas não deve atrapalhar a interpretação.

– Estou aqui sentada com uma carta em papel preto e letras vermelhas. Eu sou Daforim, uma filha que nunca soube da mãe, cujas representações das mães imaginárias possíveis foram fornecidas pela coletividade que, na maioria das vezes, demoniza a figura da mulher que abandona os próprios filhos.

Nesse instante, a protagonista e filha faz a clássica pergunta filosófica:

– Quem eu sou? Tô fazendo o que aqui? Nunca me decifrei e sempre fui devorada. Cadê a minha mãe? Tá viva ou tá morta? Nunca te vi, mãe, não tenho o seu nome, nem sobrenome, foto, nenhuma informação. Se você é branca ou negra, indígena, oriental, também não sei. Não sei como você era, mas a minha negritude é inegável. No país das aparências, é o tipo da coisa que não deixa dúvida quando me olho no espelho.

Daforim lê uma parte da carta:

– O sistema estruturante cumpre os protocolos do patriarcado e omite: fêmeas não geram sem parceiros. Não há, na maioria das vezes, responsabilização ou julgamentos de valor sobre os possíveis pais que abandonam os seus filhos. No ditado popular, o filho é da mãe. Daforim. Esse é o meu nome escolhido, mesmo que minha certidão de nascimento exiba o meu nome de registro: Maria do Socorro. Do meu ponto de vista de filha, reconheço que, antes de ser materna, toda mulher devia ser criança, mulher, crescer, conhecer e fazer a gestão do seu corpo e das suas escolhas.

Essa parte da carta deve ser lida em voz alta:

– Maternidade não deveria ser destino. Desde quando mulheres negras têm liberdade e gerência de corpo? A solidão da mulher negra muitas vezes não inclui o êxito nos afetos e a possibilidade de maternar os próprios filhos. Nem de cuidar das próprias crianças interiores. A literatura brasileira está recheada de figuras desumanizadas e com concepções maniqueístas, o exercício da maternidade vai muito além do paradoxo cristão do mal e do bem.

Agora Daforim vai falar um pouco do pai, não só de uma forma multidimensional, é como se fosse real, mas não esqueçam de que é ficção. Na literatura, o autor toma posse do universo das invenções:

– Pai, o senhor que engravidou minha mãe. Ah, nunca soube? Já isso não é comigo. Aqui não é um lugar onde mais uma vez a culpa vai ser da mãe, aliás, vamos tentar despir a culpa. Sugiro que você também participe da conversa, é verdade, também nunca nos encontramos. Seria mais um branco estuprando a empregada doméstica no quartinho e exigindo o aborto? Mais um pai cometendo incesto, um irmão engravidando a própria irmã? Talvez um negro em momento explícito de masculinidade tóxica, situação de abuso de drogas por desamor ou auto-ódio em função dos fardos dos homens negros, também podem estar aí questões penitenciárias? Também poderia ser um branco casado com uma branca, louco para ter um caso com uma mulher negra, a dita "boa de cama", desses que assiste tanto filme de super-herói que acha que nunca precisaria usar camisinha? Mas é importante dizer: não existe salvação nem pecado individual, vale considerar os movimentos sistêmicos em nossa sociedade.

Já que Daforim não teve condições de responder o desafio da mãe biológica, esperem um pouco, entendam que isso é bem doído. Podem chorar um pouco também. Aqui sugiro um tempo de pausa dramática para um respiro. Pausa

Agora ela vai falar com a mãe adotiva, que acolheu e maternou em condições de adoção à brasileira.

– Ei, mãe, que barra pesada, né? Abriu mão dos privilégios da cor sendo uma mulher não negra que optou por uma relação inter-racial com o meu pai adotivo, negro. Eu quase não tive tempo de viver contigo, você morreu quando eu ainda era uma criança. No país do mito da democracia racial, pasmem, esse casamento custou a perda de uma herança considerável, o desprezo da família, o afastamento e a consequente mudança geográfica para um bairro pobre e de pretos. A relação, sem apoio da rede de suporte familiar, foi de fracasso em fracasso com o nascimento dos três filhos biológicos, a violência doméstica, já que, como forma de fuga, o homem negro começou a beber até o encontro com o mundo anestésico-temporário do alcoolismo. Não foram fracassados individuais, seria muita ingenuidade pensar que o racismo estrutural não opera nas individualidades, provocando assimetrias e ausências nas nossas vidas. Poxa, mãe, você era um mulherão, matriarca, rainha! Pena que nem consigo escrever direito porque não lembro de quase nada, memória é coisa tão roubada no meio da nossa ancestralidade! Eu ainda não entendia a importância de uma mãe. Não entendia muita coisa do mundo das mães. Vale a pena a pergunta? Morreu de quê? Já ouviu dizer por aí que mulheres morrem de cansaço, de falta de afeto, de tristeza, de tanto carregar masculinidades adoecidas sem solução? Mamãe sucumbiu a todos esses trágicos acontecimentos, passou mal em um dia, morreu no outro, sem ao menos se despedir, porque partiu para o hospital sem saber que não voltaria. O corpo tem seus limites, a tristeza e a depressão mataram mamãe, como também mata e abrevia tantas vidas com depressão e ansiedades nunca diagnosticadas em um país que não prioriza o sistema de saúde pública. Aí fiquei eu sem poder falar da minha experiência com mamãe. Isso também me adoeceu, porque a ausência tende à angústia, ao medo e a ideais de hiper-realização, criando mulheres obcecadas pelo trabalho, sua única fonte de satisfação.

Analisando essa mamãe de Daforim como sujeito, as situações vividas, não dá para negar o adoecimento mental diante da violência da branquitude. Fica difícil de encarar, já que a psicologia não tem protocolos para o racismo. Diante do racismo sempre esteve o capitalismo. Mulheres negras, pobres e periféricas não têm depressão. Laudo dado: preguiça, falta de força de vontade, perseguição de demônios ou qualquer coisa negativa que seja fruto da própria incompetência. Aqui entre nós, já estão duas mães mortas. Uma ceifada pelo apagamento, outra por óbito precoce.

– Eu sei que ainda não consegui falar direito com as minhas mães, são tantos silêncios sufocantes, nem sei se um dia vou conseguir, afetos e desafetos se misturam desde a diáspora negra. Difícil portar um corpo negro, quanto mais gerar outro corpo negro. Mulheres negras têm déficits históricos de gozo da maternagem dos próprios filhos, cuidam dos filhos alheios e o que sobra para os próprios filhos? O fardo, o cansaço, a exaustão, a culpa pela impossibilidade de carregar e suprir e prover outros corpos. Na verdade, tenho que ser sincera, está muito difícil ler essa carta, eu até tenho tempo desde que tomei a decisão de não ter filhos, mas os meus sentimentos me controlam demais. A dor, a saudade, o medo de ficar só pra sempre. Eu e minhas mães tivemos momentos de solidão. Nem tivemos oportunidade de acolher umas às outras. Algumas situações são tão complicadas, mas segundo a nossa ancestralidade podem ser equilibradas de várias formas, inclusive com ebós. Serão necessários muitos ebós aí, minha gente, no meio de todas essas mães e pais sofridos, muita oferenda e assentamento pra prestar contas e apaziguar toda essa ancestralidade. Haja vela, folhas sagradas, reza, bori, joelho no chão três horas da manhã e quartinha.

Essas observações são agregadas à carta de Daforim.

– Deito a cabeça no colo do sagrado quase todas as noites. Antes que amanheça, peço pra que sejamos um pouco mais amorosos, possamos gozar, amar, viver uma boa vida, eu peço agô e muito, acho que ainda estou viva porque boto a cabeça no chão e dou de comer a quem tem fome.

Daforim reza nas madrugadas. Mas sabemos que o racismo não dorme.

– Peço aos Orixás um barco, uma reza, que possa nos transportar pra um tempo e espaço de repouso. Uma paz preta com pássaros pretos e vermelhos, com pássaros de olhos negros, com asas que não imponham purezas hipócritas.

Daforim prepara alguns ingredientes mágicos, a carta está pronta.

– Mães, pais e filhos, peço bênção aos meus antepassados, deixo uma vela pra que caminhem apaziguados, espero que essas velas firmem, que essas cartas cheguem, na força do meu pensamento firmarão. Misericórdia para as mulheres e mães. Que seus filhos não morram de assassinato por bala perdida, que não sejam abandonados pra cair do alto de prédios onde corpos infantis buscam desesperadamente suas mães. Lemba, grande Gangazumbá, lindo Lembaremganga, acuda nosso desespero, estenda o seu pano branco e nos cubra pra que possamos sobreviver ao genocídio e contar as nossas histórias aos nossos descendentes no meio de alguma fogueira de justiça.

A entrega foi feita. Agora é questão de fé. Hora de descanso. O negativo foi despachado.

# O outro lado da moeda

O mundo estava em crise. O Brasil não ficaria de fora, muito menos a sua capital. Brasília fervia em todos os sentidos no calor de agosto: a turbulenta situação no Congresso, havia ocupação nas escolas e universidades públicas, muitos protestavam nas ruas. Todos queriam manifestar a sua opinião. Na badalada e selecionada palestra com ingressos a preço de ouro para onde Verônica foi porque, segundo os seus amigos, seria fantástica, ela ouviu atônita a previsão do filósofo camaronês sobre o futuro da humanidade.

Verônica tinha um sonoro sobrenome alemão, não era preciso descrever a sua aparência, isso bastava para dizer: fazia parte de um grupo exclusivo no país, pautado por padrões eurocêntricos. Tinha muito orgulho da sua linhagem ariana, do seu aspecto caucasiano, negava veementemente qualquer conversa dessas a afirmar que todo brasileiro tem sangue negro, não estava muito preocupada com seu passado, afinal de contas, o importante era ter. E ela tinha.

"Se você parece branco no Brasil, você é branco!"

Essa era uma frase sua bem frequente, quase um bordão. Não tinha problemas financeiros, nem de saúde, morava bem, estudara nas melhores escolas, aos 55 anos estava no topo da pirâmide social, frequentando os melhores restaurantes e desfrutando da cartela de opções dos bem nascidos, pois era herdeira de uma família de milionários, disso tinha muito orgulho, aliás, não fazia segredo:

"Eu sou descendente de uma família de gente que sempre mandou nesse país, meus antepassados eram senhores de engenho, tiveram e administraram muito bem os seus escravos! Contribuíram para o enriquecimento da nação."

Ser feliz era outra conversa. Não era, digamos assim, uma pessoa grata, de bem com a vida, mas tinha dinheiro para comprar tudo de melhor, as alegrias momentâneas do universo de consumo pareciam suprir suas carências emocionais e materiais. Ela acreditava ter tudo que precisava. Em sua opinião, a típica alegria dos mais pobres não era verídica, era algo, digamos assim, meio atrasado, coisa de gente ingênua, infinitamente inferior.

Verônica gostava de filosofar:

"Só os ignorantes ficam alegres o tempo todo, porque não têm noção da realidade, são espíritos inferiores, como os animais, precisam de pouco para obter satisfação, no fundo é a gratidão ingênua dos miseráveis."

Era brasiliense, amava a sua cidade planejada. Vivia em Brasília desde sempre, embora já tivesse viajado muito, continentes todos, países inúmeros, cidades incontáveis. Na infância a cidade não era tão multicolorida, não abrigava tanta diversidade. Em sua opinião, o "avião" fora muito bem orquestrado, uma cidade para os bem nascidos. Inclusive, um dos aspectos que mais amava no Brasil era o fato de que o país ainda conservava alguns aspectos da antiga colônia, onde pessoas como ela podiam ter poder, mandar com tranqüilidade, porque a gente pobre na base da pirâmide estaria sempre ali, pronta para trabalhar e oferecer os seus serviços a um preço baixo.

Um exemplo? Sua empregada, segundo ela, muito bem tratada por sinal, um dia ficaria velha e não teria grandes problemas, sua filha continuaria trabalhando para a família, na mesma função, não haveria desemprego, essa era a cadeia geracional de êxito em um dos países com uma das piores distribuições de renda do mundo. Para ela, não havia nada de errado com o mito da democracia racial, inclusive acreditava que os mitos existiam para manter a ordem nos países subdesenvolvidos.

O Brasil era um país maravilhoso e ainda tinha uma fortíssima aliada, a televisão, programada para conservar e fomentar a estagnação social. A televisão sempre cumprira o papel de vender os sonhos impossíveis, acabar com a autoestima das pessoas comuns e distrair os mais humildes com as ilusões do consumo. Mas esse seu suposto paraíso começou a ruir. Desde que os partidos de esquerda assumiram a chefia do país tiveram início os seus dias menos gloriosos, mais escurecidos, terrivelmente assustadores.

Verônica era uma mulher racista. Como branca, defendia os privilégios da branquitude, a hierarquia. Os escravos não chegaram aqui como gente, deveriam mesmo ter um carma pesado, cada um nasce como pode. Tinha orgulho das suas convicções. Mas nunca tivera problemas com isso, porque nos ambientes que frequentara durante toda a sua vida os poucos negros que lá estiveram sempre souberam ocupar o seu lugar, não tinham sonhos estúpidos de ascensão nem de insubordinação.

Ela também cultivava certos traços místicos, sua cidade respirava magia. Acreditava em horóscopo, mapa astral, inclusive o tarô. Ansiosa para saber o futuro de uma das empresas que administrava, num dia desses em que quase todo mundo acredita e planeja mudanças, foi consultar um pai de santo. Gaúcho, olhos azuis, muito famoso na capital por atender políticos, empresários e poderosos de Brasília. Mas não esperava as revelações que ouviu:

– Minha filha, os búzios não mentem. O período de 2003 até 2011 não vai ser favorável pra você, o país vai viver intensas transformações, a sua vida vai ser sacudida, mas seja generosa, os outros também merecem colher! O universo está em ritmo de acerto de contas, a ancestralidade cobra, sua família tem dívidas no mundo espiritual. Mas podemos fazer alguns ebós, cuidar dos seus orixás, reverenciar aqueles que foram esquecidos...

Ela ficou muito irritada com as previsões:

– Não vem com essa conversa, isso é coisa de gente atrasada. Estou aqui por curiosidade e porque é final de ano, não vim pra ouvir essas besteiras. Eu estou pagando pra você me agradar. A ancestralidade, eu hein, esses seus orixás aí tem é que ser gratos porque minha família sustentou escravos por anos a fio, famílias deles, comendo e bebendo de graça, essa gente fedida.

Em um acesso de raiva, atirou o dinheiro do jogo em cima da mesa e saiu, derramando ódio nos olhos. Mas o fato de ter ido embora não fez com que esquecesse aquele dia, a verdade é que tinha medo dessas questões espirituais, um medo inconsciente, mas estava lá.

Depois do ocorrido, por mais que não admitisse, Verônica começou a enfrentar alguns problemas. Discutia por tudo, vivia irritada, começou a ter pesadelos. Chegou a ser até presa umas duas vezes por racismo, é claro que pagou o suficiente para que os processos fossem encerrados, usou seus empregados negros para que testemunhassem a seu favor. Além disso, era católica, ré primária, cumpridora dos seus deveres cívicos, doava roupas usadas, dava esmola, principalmente para os velhos e as criancinhas carentes.

"Nesse país agora tudo é motivo de chateação, não se pode mais chamar alguém de macaco, criticar um cabelo ruim, um nariz desses de tomada, coisa óbvia para negros, que desde sempre foram chamados assim e nunca reclamaram, é questão de aceitar a inferioridade, isso é até sabedoria. Até inventaram que todo mundo tem que ser politicamente correto? Como assim? Já viu político correto?"

Com o passar dos anos começou a encontrar muito mais negros do que gostaria. Invadindo o seu espaço social, os restaurantes que frequentava, os aviões, os hotéis. Até nos seus pesadelos eles apareciam, e o pior: os negros mandavam em tudo. Nos seus sonhos aterrorizantes o mundo era negro, como na fala daquele palestrante inútil que afirmou: " O futuro do planeta será dos negros, a população negra vai, inevitavelmente, ocupar o planeta, o imperialismo eurocêntrico está com os dias contados".

Verônica não era ingênua, sabia que os negros eram maioria, desarticulada, sim, mas era preciso ter cuidado com eles. Isso significava que um dia os brancos poderiam sim perder os seus privilégios, servir aos negros? Nunca! Não dava asa para preto de jeito nenhum.

"Outro dia fiz um ótimo acordo comercial com um novo fornecedor para as empresas e tive que negociar com o dono, um negro desses bem altos, topetudo, vestia até ternos importados, mas usava dreads, aquela coisa horrenda e fedida no cabelo. Não pude criticar, fiquei me controlando, não pude falar nada, ele estava, como eu, em uma posição de chefia."

Na verdade, ela tinha pavor de uma revanche. Sua mãe sempre dizia: "Minha filha amada, nunca se esqueça do nosso legado. Somos capitalistas, mas só chegamos a esse ponto porque sempre dominamos os pobres e esses miseráveis são majoritariamente negros, não permita misturas na nossa família! Cuidado com essa gente! Eles se multiplicam como coelhos! Nem a escravidão e o genocídio conseguiram acabar com eles. Mas lembre-se de que esse é um segredo nosso. Ninguém jamais ousaria saber que temos medo de que um dia os negros assumam o poder nesse país e realizem a sua vingança, isso seria uma catástrofe."

Verônica nunca lembrou tanto da profecia da mãe. Agora passava mal dia e noite, estava com pressão alta, suor nas mãos, enxergava negros por toda parte e o pior, trazia o racismo sufocado na garganta: "Até empregados abusados agora tenho que aguentar, reivindicando direitos trabalhistas e querendo estudar! Desse jeito qualquer dia eu terei que lavar o meu próprio banheiro...".

Verônica ficou com essas ideias martelando em sua cabeça noite e dia, já não conseguia pensar em mais nada, nem trabalhar, não tinha vida social, agredia os parentes, amigos próximos, os vizinhos, não estava bem. Já não tinha paz. Sim, aquela paz branca, do pombinho branco.

Teve que recorrer aos médicos, que prescreveram antidepressivos. Por um lado, ficou mais controlada, mas tudo piorou quando ela perdeu a libido com os comprimidos. A gota d'água foi quando o marido sugeriu um swing para apimentar a relação. O problema não era o sexo livre, eles costumavam praticar, mas dessa vez o homem extrapolou apresentando uma mulher negra como opção. Não é necessário dizer que Verônica surtou e foi abandonada pelo marido, preterida por uma mulher negra.

Como assim uma mulher negra tirando o seu marido de casa? Ela não considerava essa hipótese de modo algum. Pensava em vingança, em qualquer reação violenta, mas já não tinha forças para articular os pensamentos. Dias terríveis, noites insones. Os negros, sempre eles. Atentando aos apelos de alguns amigos, Verônica fez uma viagem para o exterior, para mudar de ambiente. Foi à Paris, mas lá eles também estavam, no metrô, nas ruas, homens, mulheres, crianças, muitas crianças, como esse povo parecia feliz. Ela estava à beira da loucura.

Uma semana depois, cada vez mais desesperada, de volta à Brasília, resolveu assistir à missa na Catedral, era terça-feira, seu horário preferido era a das 10h30. Igreja vazia, pretos trabalhando, poucos ricos presentes, turistas raros e ocasionais. Verônica fez a sua confissão. Tinha fé. Pela primeira vez, abriu o coração. Acusou os negros, seus supostos algozes, contou os seus pesadelos, lembrou da sua mãezinha, sentiu pavor. Chorou. Implorou ao criador pela sua divina misericórdia.

 O padre agiu como os padres. Ouviu, recomendou orações, ali não havia espaço para acusações. Há tempos não via uma mulher tão triste e perturbada, isso tocou fundo no seu coração preocupado com o destino das almas.

 Ao sair do confessionário, mais aliviada, ela cruzou com uma senhora cujos olhos disputavam o tom azul celeste, era visível o seu porte nobre, não pôde evitar os julgamentos que ocuparam os seus pensamentos: "Essa mulher, tão ricamente vestida, poderia ser uma embaixatriz, uma esposa de ministro, gente que costumava frequentar aquele ambiente seleto. Ela sentiu imediata empatia".

 A senhora sorriu, simpática:

 – Bom dia, como vai? Esse padre é uma benção, não é? O primeiro padre negro que conheci até hoje, um iluminado. Sinal dos novos tempos, finalmente esse país está mudando!

 Verônica não se contentou.

 – Mas até no céu os pretos conseguiram chegar! Um padre negro, cruz credo, isso é um sinal, talvez até o trono do nosso Jesus branco esteja ameaçado. Com um Deus negro, tenho certeza de que a sentença do "olho por olho, dente por dente" seria cumprida, a tal vingança dos negros, como dizia a minha mãe. Seria o inferno em vida.

 O coração de Verônica nunca palpitou tanto, ela estava à beira do caos, um turbilhão em sua mente, o medo, a culpa, a vida, um quadro sem perspectivas, de infelicidade plena. A cabeça começou a rodar, a respiração ficou ofegante, suava frio. Deu-se o inesperado.

Teve um ataque fulminante ali mesmo, um infarto fatal. A ilustre senhora ficou inerte, não sabia como agir nessas horas:

– Meu Deus, o que é isso? Socorro, socorro!

Ela gostaria muito de ajudar, mas era fraca para situações assim. Saiu para ver se encontrava alguém. Cruzou com dois empregados de limpeza da Catedral, que logo acudiram a mulher caída no chão. Enquanto tentavam reanimar a senhora, chamaram o Samu, o Serviço de Atendimento Móvel de Urgência. Também tentaram usar o telefone da ilustre. Infelizmente, a família não atendeu a nenhuma das ligações feitas a partir do seu aparelho de última geração, que se fosse vendido por um deles talvez custasse mais ou menos metade do salário de um ano.

Os funcionários fracassaram na tentativa de reanimar o corpo inerte da mulher. Com a chegada da ambulância, dois socorristas negros carregaram seu corpo, os empregados de limpeza também eram negros, por sinal. Verônica foi levada para o Instituto Médico Legal. Lá os lençóis não eram chiques nem brancos, os defuntos menos ainda.

Enquanto limpava os vestígios de vida do seu corpo inerte com suas mãos de dedos enormes e grossos, um funcionário de pele cor da noite reluzente, cantarolava, delicadamente, um trecho de um jongo:

*Ai eu pisei*
*pisei na pedra*
*a pedra balanceou*
*levanta meu povo*
*cativeiro se acabou*

"Pisei na pedra" (Mestre Darcy)
Ponto de louvação - Jongo

**Não seremos mais amantes amanhã**

Vilma está deitada na cama com Selma, que fuma um cigarro olhando para o teto, como se estivesse empalhada. Vilma fala meio encantada:

— Eu tive uma ideia pra melhorar a nossa relação. Vamos deitar ali um pouco, na grama, pelo menos uma vez por dia, quem sabe viajar, ir pra mata passar uns dias juntas, cachoerar. Vamos, Selma, enquanto ainda dá. A gente nem sabe se vai estar viva amanhã. Tenho uma coisa chata pra te contar. Olha, meu aluguel tá tão caro, acho que não vou conseguir viver de pintura, mudei pra um apartamento menor e rasguei todos aqueles projetos antigos. Você não tá com uma cara boa, eu sinto sempre. Vamos deitar ali um pouco e tirar um cochilo das contas, do trânsito. A gente acha um lugar tranquilo! Onde não precise falar inglês, nem dividir os cálculos em planilhas. Vamos enquanto ainda dá, a gente ainda segura na mão, dormimos de pés juntos, temos os nossos beijos. O que você acha disso?

Selma continua sem reação.

— Tudo bem, vamos pra cozinha. Quer ficar aí? Vou trazer uma fatia da goiabada com queijo da minha vó. Vem, olha só, eu fiz uma almofada nova. Não é muito bonita, mas é tão confortável, podemos levar, se você topar a viagem pra um lugar ótimo, sentir, existir, seduzir. Acho que o nosso sexo tá ruim por causa do cotidiano, precisamos mudar tudo, confundir a lógica, colocar a ética na frente da estética. Não levar televisão, nem celular. Cantar aquelas canções que falam da novela da nossa vida. Fazer algo diferente. Você topa ir ou não? Esse seu silêncio é sim? Eu sempre tenho que decidir as coisas por nós, isso as vezes é cansativo. Vem, simplesmente. Ah, vem com seu cabelo solto, Selma! Acho que você fica mais linda, sempre achei, não entendo porque quase não solta, nem se solta. É trauma daquele cara que você namorou, né? Vamos bagunçar as lembranças. Eu acho tão lindo o amor entre mulheres, tão delicado, íntimo. Nós duas, feito duas crianças de olhos acesos como quem deseja travessas de doces, fazendo brincadeiras travessas e gozando muito, pela vida inteira. Eu sonho com isso, sabe? O mundo às avessas. Vamos logo. Pra aquele lugar que é dentro da gente mesmo. Passear pela nossa esquina. Você com sua roupa de bailarina e eu tomando conta enquanto você apronta, enquanto você desmonta meus medos. Vou acender um cigarro você quer um?

Selma mexe a cabeça dizendo que sim.

– Lá podemos montar vários quebra-cabeças complicados. Virar e revirar pra tudo quanto é lado. Você não fala nada, Selma, sempre calada e com esse riso que não sai inteiro, acho que não tá tão a fim, né? Mas tudo muda. Olha, lá é o lugar. Aonde a gente vai pra sonhar, gritar, espalhar sorrisos em todas as paredes do mundo, bem maiores do que as do meu apartamento, que às vezes me faz sentir este achatamento dos meus sonhos.

Selma pede outro cigarro e um copo de cerveja. Fuma e bebe, totalmente ausente da conversa e sem manifestar expressão alguma.

– Selma, quer mais alguma coisa? Selma, Selma!

Selma mexe a cabeça dizendo que não.

– Amo falar o seu nome em voz alta. Essa vassoura que coloquei atrás da porta ficou bem? Acha que é assim mesmo que bota? Pra não receber visita estranha, sabe como é, essa nossa conversa é muito importante pra ser interrompida. É que de vez em quando aparece o mau vizinho que jura encontrar alguém sozinho e infeliz. Um vizinho que sempre fala demais. Vou te dizer uma coisa. Outro dia li em um livro. Estar só é estranho, às vezes é legal, o solitário sente que é o tal, quando descobre o prazer de estar consigo mesmo, quando começa a desfrutar de sua própria companhia. Chegando ao ponto de equilíbrio, em sua solitude bem resolvida, ele compreende muito bem a vida. Vê. Muitas vezes estar só é a melhor forma de perceber se estamos bem acompanhados. Ou estar acompanhada é a chave da percepção de que nunca estivemos tão sós. Por isso, vamos logo, Selma, venha desfrutar desse amor que não fica bem apenas comigo, eu quero te amar antes que o dia amanheça. Você não quer, né? Não tem cara nem pra terminar a relação. Isso é covardia, sabe? Sou eu que vou ter que decidir tudo mais uma vez, isso é cansativo.

Abre o guarda-roupa, pega uma mala e começa a colocar as roupas dentro, os objetos pessoais, vai colocando tudo com muita raiva.

— Relações femininas têm mais suavidade! Olha você! Tá parecendo um macho ausente típico. Selma, pelo menos diga por que quer terminar.

Selma coloca a ponta do cigarro e o copo de cerveja no chão e puxa a coberta, parece que vai dormir.

— Tô esperando você aparecer nessa nossa relação faz tempo. Já tá quase clareando, me leva a sério, tô com vontade de chorar. Você não diz nada, nunca diz nada. Não me deixa assim, pelo menos explica. Tá doente? Selma, diz que não me quer mais, diz qualquer coisa, grita! Esse seu silêncio mata.

Selma fecha os olhos, não dá para saber se está dormindo ou fingindo.

— Selma, eu vou embora, dar um tempo, não tá legal. Pensa direitinho, a gente se esbarra por aí qualquer hora, mas sério, é muito chato sair sem que você me diga que acabou. Mas sabe, não vou mais ficar te esperando, eu vou responder o óbvio. Não seremos mais amantes amanhã.

# Ás de espadas

Aí ele tentou me bater de novo. Eu lembrei, nem sei por que, das espadas de São Jorge, as primeiras que tive ganhei da minha falecida mãe, que Deus a tenha, ela sempre dizia:

"A espada de São Jorge manda embora coisa ruim. Não deixem de ter essa planta em casa. Olhem na frente dos restaurantes, sempre tem, esse povo não é bobo, pega as nossas crenças e vive numa boa. Acordem meus filhos!"

Pois elas sempre estiveram ali na minha sala, plantei miúdas e cresceram e se multiplicaram tanto que já estavam apertadas no vaso. Foi uma lembrança rápida, assim de repente, enquanto eu molhava as plantas, porque logo ele abriu a porta chegando do trabalho meio bêbado e todo nervoso e veio pra cima de mim e encheu a minha cara de socos, a barriga, as costas, logo senti o gosto de sangue dentro da boca.

Na hora das surras eu sempre ficava calada e não reagia, porque aí ele batia menos. A passividade também é resistência. É um jeito que a gente tem de ir sobrevivendo. Bom, pelo menos com esse marido eu não precisava mais trabalhar fora de casa e aguentar patroa metida a besta e porca e assédio de patrão. Em toda casa que eu trabalhei fui assediada, assim nasceu o meu primeiro filho, o George, quanto eu tinha treze anos, naquela época eu nem sabia o que era estupro. Mas essa é outra história. No meio da pancadaria, depois do terceiro soco, caí no chão da sala e dei de cara com as espadas de São Jorge. Ouvi a voz da minha mãe:

"Filha, com esse monte de espada em casa e tomando porrada de homem?!"

Não sei o que me deu, levantei rápido e corri. Ele ainda jogou um troço em mim, mas consegui desviar e peguei umas três espadas de uma vez, queria pegar outras, só que elas são duras pra tirar mesmo, não é qualquer um que arranca. Quando me vi com aquelas espadas na mão, senti uma coragem que nunca tive e parti pra cima dele decidida. Eu não apanharia nunca mais.

Bati tanto! Nem sei quanto tempo durou. Quando a polícia chegou que eu percebi a situação. Eu sentada no chão e ele caído, todo marcado com as lapadas que eu dei, pensei assustada: "Caramba, matei meu marido". Tava até aliviada, não vou mentir, mas os orixás sabiam que se tivesse feito isso iria apodrecer na cadeia. Então, acho que foi coisa de Exu, sabe, o senhor não conhece Exu! Com Exu não se brinca.

A verdade é que eu não cometi crime nenhum. Meu marido teve um infarto fulminante enquanto apanhava. Isso mesmo, justiça a gente também tem. Parem de rir aí, pessoal, vocês gostam de debochar da desgraça dos outros, principalmente do pobre. Com todo o respeito, não é papo de doida, eu não matei ninguém, tô tranquila, os exames vão comprovar. Tenho certeza de que as espadas me ajudaram, foi uma libertação. Isso é coisa minha, ninguém precisa acreditar não.

Agora vou viver de pensão, voltar a estudar. Eu sempre quis estudar, mas o meu pai e os homens que tive nessa vida diziam que eu não precisava de estudo, só de um homem para me sustentar. Um monte de homem otário. Agora vou é ficar na minha, no meu barraco, com o meu filho que o padrasto expulsou porque é gay. Meu garoto vai voltar. Vai ter festa na volta do meu filho. Esse sim é o meu grande amor.

Mas o senhor delegado tá me olhando com uma cara estranha, deve estar cansado, o trabalho aqui é dureza, imagino. Tô curiosa pra saber a sua religião. Curiosidade minha. Não precisa entender nada não, meu senhor, deixa pra lá. A gente que é pobre e preto precisa ter muita firmeza e contar com o axé, porque se não for ele ninguém luta pela gente.

**Amor de algodão**

Desejava ser amada desesperadamente, desejava ser amado desesperadamente, o homem nela, a mulher nele. Com toda a complexidade de sua subjetividade, desejava ser de alguém. Ter um alguém. Era muito intensa em tudo o que fazia.

No salão onde conquistou a clientela, fiel pela precisão nos detalhes, era perfeccionista, procurava alvos cada vez maiores de êxito, toda a energia empregada para fazer o melhor, sobretudo quando encontrava mãos esculpidas, unhas fortes e grandes, dedos delgados. Tinha fascinação pela beleza.

Quando começou a acompanhar a amiga Meire nas visitas ao presídio percebeu de cara que havia amor naquele lugar horrível, talvez pelo desespero, a pulsão de morte, a agressividade impressa nas paredes manchadas de sangue.

Como assim aquela fila enorme de pessoas que enfrentavam de tudo para encontrar os seus amores? Se ali havia amor, ficaria de olho, quem sabe conseguiria um também. Sua intuição sugeriu que observasse melhor. Por isso, voltou e passou a acompanhar Meire no programa inglório.

Do lado de fora da prisão sempre havia uma grande quantidade de pessoas. Horas de espera, revistas constrangedoras, transporte lotado, o preconceito social com o afeto bandido, era dedicação total sim. No desespero, na raiva, no medo, tudo passional e muita história de dar pano para manga, a humanidade ali estava em alta voltagem.

Amanda sempre teve ambições. Desde criança queria ter esse nome, o antigo nem pronunciava, escolheu a dedo esse título social porque era Amanda, a que manda. Mandava na própria vida desde sempre, não foi à toa que fugiu de casa aos treze anos, morou em uma casa onde trabalhou como doméstica sem salário só para comer e dormir, comeu o pão que o diabo amassou para ser quem era. Pagou o preço e pagaria quando fosse necessário, sabia que viver não era de graça.

    Ambicionava comprar uma televisão de 4k para assistir filmes de amor porque ouviu duas moças conversando sobre o realismo impresso na tela, amava a realidade da ficção. Observando o movimento da penitenciária, tentou um golpe de sorte. Foi à feira, comprou 44 calcinhas de algodão escolhidas a dedo e começou a empreender. O 44 era um número no qual ela acreditava muito, assim, do nada.

    Conversando com alguns carcereiros, descobriu que as peças para as visitas íntimas não podiam ter armação de ferro nem nada cortante. Foi aí que começou a ter ideias. Imagine sair para uma visita amorosa e ter a intenção frustrada pela roupa de baixo. Pronto. Ela apresentaria a solução.

    Se arrumou toda, caprichou no perfume, foi para a porta da instituição e deu início ao seu projeto. Conversava com um aqui, outro ali, oferecendo o que todos desejavam. Tudo bem que *lingerie* de algodão não era tão sexy, mas era melhor do que perder a ocasião.

    Encontrou umas árvores onde prendeu uma faixa: "vendo calcinha safada!".

    – Chega gente, um chamego macio todo mundo quer. Algodão não é renda, mas fechando os olhos tudo é luxo! Tá com preço de liquidação, chega aqui, ninguém sai sem negócio.

    Logo começou a vender o produto e teve que comprar outros estoques de calcinhas e sutiãs. Tinha que fazer uns agrados para os canas, senão voava dali. Todo mundo caçava amor lá dentro do presídio, nem que fosse por alguns instantes, por isso as roupas íntimas eram muito bem-vindas, quase ninguém dispensava.

Também tinha bom papo e ali treinava as habilidades necessárias para conseguir realizar o seu objetivo: ser amada por alguém.

Com o tempo, foi descobrindo além de qualquer ilusão: homem bom era homem preso. Disciplinado, sem tempo livre, amansado na paulada, fiel. Alguns sustentavam as mulheres lá fora, cuidavam dos filhos, eram homens que faziam de tudo para manter os lares e as companheiras. Para ficar ali dentro era bom não perder contato com a vida lá fora. Mas havia os esquecidos, os mais pobres, que não recebiam visita íntima. Estava procurando um deles. Queria um homem, era o seu sonho ser mulher de alguém.

Se amor e sexo na cadeia não era coisa natural, ela conhecia a dura realidade de ficar sem amor e sexo fora das grades. Não estava sozinha, o mundo espiritual era tudo em sua vida, contava com Seu Tranca Rua e Maria Navalha, seus guardiões. A pomba-gira colocava em seu corpo um manto feminino que fazia toda a diferença na hora da sobrevivência, porque mulheres trans são assassinadas e sofrem violências inimagináveis entre quatro paredes.

Na jaula, tudo é comércio. Ela sabia negociar seu corpo e ali precisava de grana para ser amada. Descobriu uma ala onde poderia ser bem recebida, onde os bofes topavam, as transas nos presídios por meio das visitas íntimas têm suas peculiaridades.

Com a grana do salão pagava as suas contas, o barraco de fundo e vivia. Com o dinheiro das calcinhas e outras coisas que passou a vender, negociava os seus afetos ali dentro. Com notas na mão poderia ir além do sexo coelhinho e até descolar um parceiro fixo. Foi assim que conheceu Miguel. Preso, pobre, mas ajeitadinho, um pretinho bem charmoso que fora das celas poderia até ser um gato, mas ali dentro estava caidinho, magricelo, dentes meio estragados. Tinha a cor de pele escura e linda e um olhar bem doce. Não era daqueles grandões nem bombados, ela gostava assim.

O primeiro encontro foi arranjado, ela teve que mostrar o seu potencial nas preliminares e fazer a diferença, teve uma mecha dos cabelos arrancada, mas era *megahair*, tinha suas tretas, sabia arrumar. Isso era o de menos. Miguel estava muito afoito, ainda precisava ser amansado. Não era novinho, mas devia estar muito tempo sem trocar fluidos consensuais. O sexo foi no corredor, coelhinho, coito rápido devido a sua baixa hierarquia na cadeia alimentar dos encarcerados. Ele foi quase carinhoso.

Amanda ainda tinha um trunfo escondido, a pomba-gira que incorporava desde criança. Com ela aprendeu a ser mulher do seu jeito, não era como as outras. Amanda sabia quem era, mas para enfrentar a hipocrisia social só mesmo o sobrenatural. Não tentem entender, algumas coisas não precisam de explicação.

Maria Navalha nunca deixava Amanda desamparada. Ensinou muita coisa. Nem todo sexo, inclusive o casual, é motivo de sujeira energética. Se o sexo casual for com uma pessoa de energia boa e tiver sintonia, pode até ser motivo para se reenergizar. Mas é preciso ter consciência de que é como se a energia ficasse impressa nela, mulheres são mais esponjas espiritualmente falando.

Uma pena que momentos bons são tão rápidos. No fim das contas, é tudo tão ligeiro na vida real. Fez de tudo para que o tempo com ele fosse como uma noite linda, onde a gente quer amar antes que amanheça. Findo o momento a dois, Amanda e Miguel respiraram ofegantes. Não tinha *glamour*, mas também não era fantasia. O homem passou a mão pelos seus cabelos e encerrou com uma frase:

– Desculpa se fui grosso, aqui dentro a gente vai ficando assim. Você é gostosa, ajeitada, vem semana que vem.

Amanda sentiu no olhar dele que estariam juntos novamente e não apenas uma vez. Seu amor, enfim, chegara.

**Asas para Esmeralda**

Esmeralda não sabia ao certo há quanto tempo vivia nas ruas. Tinhas outras lógicas para contar suas vivências com exatidão de relógio. Não apostava muito no tempo cronológico. Por outro lado, o tal do tempo psicológico sempre desafiou seus calendários, fazendo zigue-zague com as memórias. Na situação de rua reinavam outras lógicas de espaço, tempo e invisibilidade.

Dos pais, tinha poucas lembranças. A mãe, negra, adolescente ainda, morreu no parto. O pai não conheceu, diziam que era um branco alto e casado com outra mulher, branca, que, quando soube que o caso gerou uma filha e que a criança nasceu preta, caiu fora, não quis criar a menina. Estava na cara, não é? Levar uma pretinha para o seu mundo de brancos? Nem pensar. Se era isso ou se foi engano, daí para frente ninguém apareceu para comprovar. As ausências familiares geraram uma ansiedade e uma insônia permanentes.

A partir desse primeiro abandono, viveu entre a rua e entrando e saindo de abrigo em abrigo, porque sempre fugia e acabava voltando. Nesse jogo de cartas marcadas com surras cotidianas e muita luta para comer qualquer coisa e dividir espaço com as outras crianças sem família, foi pipocando de lar em lar até fazer dezoito anos sem conseguir adoção definitiva, perder a moradia do Estado, regulamentada até o 18º aniversário, e sair por aí sem rumo.

No dia de ir embora da última instituição em que morou, saiu pela porta da frente sem olhar para trás. Ninguém esperava, não tinha nada para levar, andou sem destino por um tempo até parar na localidade onde estava agora. Com cheiro de lixo e calçadas frias e duras, podia ser qualquer capital. Grande, violenta, suja, desigual.

Tinha muitas histórias tristes para contar, estavam todas registradas em cicatrizes no corpo, marcas de queimadura, dentes arrancados. Apesar disso, o passado de tristezas não abreviou seus sonhos, sempre quis voar alto. Mas para planar como imaginava precisava de asas, no mínimo.

Em sua pardacenta realidade no asfalto a fome era uma companheira muito íntima desde a infância, machucava, custava a matar, mas a ignorância não. Como moradora situada na rua, nunca viu quem colocasse em prática seus direitos, não tinha bens materiais, sempre viveu exposta a tudo de ruim. A malandragem era a real luta pela sobrevivência, com ares de sonho apenas no olhar do povo que morava nas coberturas e comprava romances nas livrarias.

Como ser alguém nesse mundo sem endereço fixo, sem CPF, RG, sem família, sem renda, moradia, afeto e lazer? Não era, mas Esmeralda foi se construindo assim, na escassez, nas incertezas, nas relações frágeis, com o ambiente sempre alterado porque cada hora morava em um canto. Não tinha porto fixo para chamar de seu.

Depois do aprendizado da leitura com a ajuda de um professor desiludido, também cidadão das ruas, escolheu as asas-livros para traçar seu destino. Lia oito, doze horas por dia. Talvez menos, não sabia, decifrava palavras enquanto havia luz. Depois de um tempo começou a escrever poesias e achou o seu ganha-pão.

**Eu sou mulher, mas não estou nua**
Vou reclamar o meu poema na rua
Não é possível que gente como a gente
Não coma um prato de feijão, não veja comida na frente

Escreveu também esse outro:

**Talvez eu vire bicho**
Se continuar comendo comida do lixo

Olha a minha magreza
Tenha a convicção
Tem pouca comida na minha mesa
Na casa de vocês o que sobra vai pro lixão.

Rabiscava até chegar em poemas que declamava nas ruas para poder comer, mas nem sempre dava certo, seu cotidiano era de incertezas. A miséria deixava muita gente doida, mas também era o CEP fixo de pessoas como as outras, rejeitadas pelo sistema. Um dos poemas que trouxe uns trocados foi:

**Urgência**
Eu tô com fome
Não precisa saber o meu nome
Deixa uma moedinha no meu chapéu
Garanto que você vai pro céu

Em um livro da área de medicina jogado no lixo, leu alguma coisa que dizia: com a barriga vazia um ser humano poderia aguentar uns 25 dias, por aí. E não é que era verdade mesmo? Em seu encontro diário com a fome, alguns amigos ficaram cegos, outros perderam os movimentos das pernas. Soube de um cara que morreu porque estava muito frio, foi ficando fraco, não conseguiu levantar para procurar local mais aquecido. De tanto frio, morreu congelado. Se não morasse na rua, não acreditaria que isso seria possível, não iria saber nunca as consequências da fome, só sentindo na pele mesmo, porque a vida real é outro esquema.

Dia após dia, lutava contra a dificuldade de viver com a barriga vazia. Em jejum era difícil fazer qualquer coisa, quanto mais escrever bons poemas para impactar os passantes a ponto de deixarem algo em seu chapéu velho, colocado estrategicamente ao lado dos seus pés descalços enquanto declamava. Fazia caras e bocas e interpretava com emoção:

**Olhos secos**
Venham, venham
Cheguem mais perto
Ver a vida acontecer
Nos olhos de quem não tem o que comer
Eu sei que você vai me esquecer
Mas com ajuda mais um dia, poeta da rua, vou viver.

Com um texto ruim, nada de moedas, muito menos notas. Não havia outro jeito, por isso enfrentava tudo, a chuva, o sol escaldante, o desprezo, a arrogância, o deboche. Mas algumas pessoas sorriam, batiam palmas, isso fazia tudo valer a pena. Havia épocas de fracassos, sim, mas também viveu tempos de barriga cheia. Em uma lata de lixo achou um vestido que coube perfeitamente, e foi escolhido como o figurino das apresentações. Lá também encontrou o seu primeiro par de sapatos da vida adulta.

Economizou trocados contados e tempos depois comprou algumas tábuas de madeira, que levou para o seu barraco, porque fazia tempo que sonhava em construir o próprio banheiro. Não tinha chuveiro, quando aparecia água tomava banho de latão, faltava um vaso sanitário, mas fez um buraco no chão que só ela usava. Tinha até algumas plantas e um cachorro fiel, o Pequeno. Conseguiu, enfim, uma companhia que com ela dividisse o chão. Nos dias em que podia comer, dava até para sentir que a solidão também doía muito.

O mês de dezembro sempre foi o mais desafiante do ano. As pessoas estavam sempre correndo, angustiadas, queriam comprar! Tão eletrônicas como os aparelhos que carregavam. Pareciam tão hipnotizadas! Os dias passavam rápido no mês das luzes de Natal e aumentavam a fome, terrível vilã. Cidade vazia, muitos ricaços viajando. Depois de mais ou menos quinze dias sem rango, suas pernas começaram a fraquejar. Nem se levantou para não gastar energia e comeu o último restinho de pão duro com o cão. Dormiu não sabe quanto tempo.

No dia seguinte, sol na cara, levantou e saiu depois de tentar decorar mil vezes o poema "O que esperar do ano novo", era sua última aposta. Nunca foi tão difícil memorizar algo. Parou na praça diante da igreja Matriz. Atrás das igrejas sempre dava para achar um pouco de cachaça em alguma garrafa deixada em algum despacho, oferenda, não entendia muito dessas coisas, mas pedia licença e bebia. Não gostava de mexer nas coisas dos outros.

Com a garganta quente pelo álcool, gritou com tudo, chamando a atenção com as forças que ainda tinha. A voz soou meio ridícula, na situação em que estava não conseguia melhor. Foi com a cara de quem quer viver e interpretou o poema.

### O que esperar do ano novo
O ovo do ano novo
Venham, venham, podem chegar mais perto
Venham descobrir como nasce um ovo
Será um milagre da criação no ano novo
Pra muita gente pode não ser nada
Mas um ovo
Veja de novo

Pode ser um bote salva-vidas
Com um pouco de pão
Ele salva sim, meu irmão!
Feliz ano novo!
Cheguem aqui!
Eu também mereço comer, meu povo.

Na hora fez o melhor que pôde. Mas esqueceu algumas partes, inventou, ninguém sabia mesmo o texto. As pessoas foram chegando, algumas ouviram, outras choraram, até sorriram. Enquanto poemava em voz alta, não percebeu ao seu lado, atenta, uma senhora negra, rechonchuda, de pele preta escura e brilhante, cabelos crespos grisalhos e olhos grandes com um tom de bondade. Ao recolher o chapéu e os poucos valores arrecadados, ela se aproximou e puxou conversa, pediu o seu endereço dizendo que talvez pudesse ajudar. E ela lá tinha endereço? Explicou como fazer para chegar no seu cafofo. Rabiscou em um papel de pão.

Esmeralda sempre acreditou que se Deus realmente existisse, seria uma mulher preta, só que aqui na terra esse Deus parecia meio acabado, porque mulheres negras como ela estavam sempre na pior, isso estava na cara! O mundo era tão mal que até o Criador parecia ter perdido os seus poderes. Mas essa mulher era negra e parecia estar numa boa.

Foi para casa e comprou o que deu para comer, não era muito, mas já salvava sua vida por mais uns dias. Pelo menos não tinha insônia. No dia seguinte, ao acordar, a porta do barraco estava entreaberta, os rascunhos dos seus textos estavam remexidos, havia entre os papéis um bilhete e um número de telefone:

"Oi, eu sou Marta Teixeira, tenho uma pequena editora

e gostaria de conhecer mais a sua poesia, gostei muito do que apresentou aqui, quem sabe podemos publicar os seus escritos."

Ao lado do recado havia um par de sapatos, um relógio, alguns alimentos, garrafas de água, sabão em barra e papel higiênico. Não conseguiu conter o choro e a alegria. Chamou a vizinha e amiga de fé do barraco ao lado, a Das Dores, ela estava muito, muito bêbada, na hora da fome grande era melhor não ficar sóbrio, mas, enfim, comeram, riram e beberam juntas.

Contou a proposta da publicação do primeiro livro. A amiga não estava entendo muita coisa, mas abraçaram-se, felizes, esperançosas. Esmeralda havia conseguido, afinal, meios de começar a esculpir as suas tão sonhadas asas. Quem sabe agora pudesse aprender a voar.

**Relampeou**

No dia esperado, acordei bem antes do toque do despertador. O banho, sempre de calcinha, foi mais demorado, as rezas foram repetidas com mais ênfase. Havia a intrepidez costumeira, a sagacidade típica da minha personalidade. Não era um dia qualquer.

Diante do espelho, já pronta, contemplei com prazer o meu reflexo. Admirei os cabelos crespos, a pele negra reluzente, a maquiagem discreta, sentindo orgulho de cada traço, de cada ruga. Foi longo o caminho até a aceitação da minha identidade. Esse amor-próprio conquistado e o autocuidado foram inscritos e agora faziam parte do meu exercício diário de sobrevivência.

Ao sair do apartamento no horário programado, encontrei o Alves aguardando na recepção, sempre pontual. Entreguei o meu infalível sorriso.

– Dia bom pra você, Alves!

– Obrigado. Bom dia. A senhora tá sempre bonita, mas hoje caprichou bem mais.

O Alves era uma figura rara. Bem-humorado, bom caráter, era o motorista, o guardião, um amigo com quem podia contar no enfrentamento das lutas cotidianas. A caminho do evento tão sonhado, parecia haver certo tapete de boas-vindas naquela cidade enorme tão cheia de contradições. Ouvi a voz do Alves como se viesse de longe, tão concentrada nos pensamentos que estava:

– Tô ouvindo aqui no rádio, o trânsito tava incrivelmente bom, sem nenhum incidente, tá parecendo até milagre! Tô vendo que tá muito pensativa hoje. Vou colocar naquela rádio que a senhora gosta. Com esse fluxo, hoje chegaremos um pouco mais cedo.

Disse isso oferecendo um dos seus sorrisos amistosos.

Tirei da bolsa o batom vermelho e não evitei a lágrima no olho esquerdo. Já estava à flor da pele, sabia que o dia seria intenso.

— Chegamos. Assim que tiver pronta pra sair, por favor, dê um toque no meu celular, irei ao seu encontro, é melhor não andar só, agora que tá tão conhecida. Estarei aqui se precisar.

Ao entrar no prédio, no elevador, fiz os habituais exercícios de respiração e as rezas. Agora que estava lá, era encarar, como sempre. No auditório suntuoso, a plateia estava lotada. Minhas pernas trêmulas, eu usava saltos, então andei devagar tentando manter a naturalidade nos gestos. Sorri e acenei para algumas pessoas que cumprimentaram, até que uma moça simpática, cujo crachá exibia o nome Ellen Souza, me conduziu até a primeira fila, sentei no assento reservado. Difícil conter a ansiedade.

Logo percebi, lá estavam os olhares de sempre. Debochados, indelicados, hostis, curiosos, incômodos. Depois de uns dez, quinze minutos, começou o protocolo habitual do evento. Eu estava pensativa. Em que momento da vida teria me preparado para estar ali, em que instante diante dos fracassos e angústias? Depois de uma vida tentando ser a mais forte, hoje conhecia o poder da vulnerabilidade. Só com a força não teria avançado tanto.

A cerimonialista, com aquele texto normalmente ensaiado, apresentou os cumprimentos iniciais. Logo depois foi exibido um vídeo curto com momentos marcantes da minha trajetória profissional. Eu estava revendo a minha trajetória! No fim da projeção, ela disse em tom solene:

— Temos a honra de convidar para ocupar o cargo de Procuradora Geral do Estado do Rio de Janeiro a senhora Maria Theresa, nos termos do artigo 132 da Constituição Federal e do artigo 176 da Constituição do Estado do Rio de Janeiro.

Tremi. Não conseguiria descrever a sensação daquele momento. Era a realização de um sonho depois de muita luta, perseverança e violência em uma vida reinventada. Na minha memória, senti como se chegasse de repente uma descarga elétrica, um raio seguido de relâmpagos, foi um gatilho para a recordação das palavras da diretora na primeira vez em que fui suspensa da escola, no sexto ano:

"Fizemos de tudo, mas o menino é um caso perdido, provavelmente será marginal como o pai, a gente até tem pena, é comum encontrar famílias negras sem estrutura, tentamos ajudar, mas é agressivo e ainda insiste que é menina! Isso é questão espiritual! Infelizmente não podemos lidar com essa aberração, é caso de expulsão, porque não podemos permitir que ele contamine a nossa escola! É melhor cortar o mal pela raiz."

Aquela mulher jamais pôde aceitar, como tantas outras pessoas em minha vida, que eu não me reconhecia como um menino, embora tivesse nascido assim. Não fui um menino que falhou, fui um garoto que se percebeu mulher trans. Sempre estive além do que dizia a minha genitália. Paguei o preço de me inscrever nesse mundo.

Não foi fácil reconhecer minhas diferenças. Refazer a minha identidade, passar pela transição, conquistar um novo corpo, um nome, reivindicar o meu jeito de ser e existir, trabalhar a minha autoestima e confiança, chegar ali como a primeira mulher negra e transexual a ocupar um cargo tão importante. Sabia que isso não mudaria a estrutura social racista, machista e transfóbica, mas poderia sim ser um símbolo para tanta gente excluída e sofrida nesse país.

Chamada pelos fotógrafos, voltei ao presente. Pessoas que jamais me abraçariam agora formavam fila. Alguns amigos também compareceram. Eu estava orgulhosa, mas há muito tempo havia deixado de acreditar em privilégios para todos, minhas realizações denunciavam uma vitória apesar do Estado, da escola, da hipocrisia social e da violência. Quando subi ao palco para a minha fala tão aguardada, não houve vestígio de insegurança, eu sabia o que fazer. Fui sucinta. Não havia tempo para deslumbramentos nem ilusões. Apresentei dados da violência, os meus planos e fiz os agradecimentos devidos.

Voltando para casa, em companhia do Alves, pedi minha canção preferida, essa que me acompanhou por tanto tempo e sempre me fortaleceu nas batalhas:

— Por favor, coloca aquela música, "Capitão do Mato", da Maria Bethânia.

Aquela música me transportava. Ouvindo e admirando a paisagem linda daquela cidade tão dura, confirmei a certeza de que minha existência no espaço público não mudaria o estado das coisas, mas afetaria realidades, impactaria a hipocrisia e denunciaria o racismo, o preconceito e a violência. Fui preparada para esse momento durante uma vida, em cada um dos fracassos e perdas.

**Para sempre vou te amar**

Então ele me disse: "Veja, menina. Com o tempo, os olhos do amor terão o poder de amplificar seus pequenos olhos e, então, farás uma viagem inesquecível pelos recônditos mais secretos, que só os apaixonados têm possibilidade de visitar...".

Essa foi a primeira frase que ele disse quando nos conhecemos... Eu e ele, a minha melhor e única parceria amorosa nessa vida. O lugar estava cheio, uma multidão de olhares ansiosos. Os corpos pareciam estar à deriva dos afetos. Alguns à procura de espelhos, querendo saber da aparência. Toda a banalidade do universo cotidiano.

No vaivém daquelas pessoas, de repente, uma graça! Ele. Achei seus olhos. Para a felicidade dos meus olhos, nos seus olhos eu também estava. Através de um processo sincrônico medido pela equivalência dos nossos desejos, fomos transportados para uma outra escala da existência e, então, um clarão invadiu o salão.

A luz fosforescente não pôde ofuscar meus olhos negros, nem os dele. Acho que houve certa magia, parecia mesmo que alguém havia providenciado um amplificador, porque eu ouvia como em som estéreo as batidas do meu coração e o som da sua respiração. Gesticulei com meus cílios. Sim, senti que a gente poderia conversar! Fiquei na dúvida, quis tentar uma aproximação. Sabia que ele, silenciosamente, havia autorizado. Dentro de mim, a certeza de estar perto de algo bonito, forte, mas nem por isso menos assustador: o amor.

Olhei seus lábios, pelo formato da boca adivinhei a poética dos seus beijos. Abri meus lábios, fiz sutis confidências, flertei com a sua inteligência, sugeri e repeti. No momento exato, que só uma mulher apaixonada pode precisar, fechei as portas. Não sem antes entregar um singelo papelzinho com meu endereço, para que pudéssemos nos encontrar também fora daquela escala de existência, e um número de telefone, nada mal dar uma força para o destino.

Claro que eu gostaria de reencontrar o meu amor. Vivemos anos felizes, vinte anos, até que ele partisse e nunca mais voltasse. Tempos depois descobri que foi encontrado morto, tinha sido vítima de um assalto. Nunca deixei de procurar. A gente nem se despediu. Disse "tchau" com a certeza de ainda dizer muitos "olás". Mas isso infelizmente não aconteceu. Nos anos de casados, não tivemos filhos.

Depois, viúva, deu-se o início do efeito de uma outra poção, bastante real. Voltei ao meu tamanho original, já que o amor nos torna maiores, e voltei a sentir aquele medo de enfrentar qualquer coisa, por amor somos tão corajosos!

Se algum destemido mortal ousasse propor sigilo em troca de ouvir confidências, seria cúmplice involuntário de um amor na fase dos porquês, falando de si mesmo pelos cotovelos, pelas pernas, pelos olhos, e, inclusive, pelos lábios. O amor não poupa adjetivos. Uma flor, apenas uma flor, passa a ser maravilhosa, perfumada... Que flor pode ser apenas uma flor? Que novo amor pode ser apenas um amor?

Sim, ele telefonou. Sim, nos amamos intensamente. Peles negras em paz e fúria. Foi assim que nos reencontramos. Eu, você, e a capacidade de amar. Achei que era um poliamor, isso, eu, ele e o amor. Imensos, intensos, imersos. Sinônimos, anônimos, homônimos e eternos amantes. Isso aconteceu faz 45 anos. Parece que foi ontem o nosso primeiro encontro.

Ainda me lembro daquela frase, a frase que ele me disse na primeira vez: "Veja, menina. Com o tempo, os olhos do amor terão o poder de amplificar seus pequenos olhos e, então, farás uma viagem inesquecível pelos recônditos mais secretos, que só os apaixonados têm possibilidade de visitar...".

Dona Dalva foi subitamente interrompida pela enfermeira, que tocou devagar em sua cadeira de rodas.

– Ei, Dona Dalva, conversando sozinha? A senhora tem muita história pra contar, né? Podia contar pro grupo dos idosos, não é todo mundo que tem a sabedoria que a senhora tem. Mas agora temos que entrar, até passamos da hora, veja, todos já se recolheram. A senhora precisa descansar.

Dona Dalva foi conduzida pela simpática enfermeira de plantão, a Cléia.

– Vou cantar aquela música que a senhora gosta tanto, "Eu sei que vou te amar".

Enquanto cantava e encaminhava a paciente para o seu quarto, passando pelo longo corredor da casa de repouso, Cléia não percebeu que entre os sorrisos de Dona Dalva deu-se o encontro de lágrimas e risos.

**Cândido Abdellah Jr.**

Nasci em São Paulo, de pai e mãe desconhecidos e fui adotado aos três anos por uma família que amava com bens materiais e discutível bondade. Os meus pais costumavam dizer que acolheram meu corpo miúdo, cheguei em um lar com quatro irmãos, pai e mãe espíritas que faziam o evangelho e depois discutiam até dormir.

As segundas eram sagradas, dias de rezas automáticas, sem emoção. Eles faziam preces com a certeza de que diminuiriam o suplício da nossa vida juntos, acreditavam que teríamos outras vidas melhores se conseguíssemos suportar uns aos outros e ficar juntos até o fim.

Difícil lembrar de momentos de carinho, não entendia bem o que era o amor. As cuidadoras que ajudaram a me criar trabalhavam por dinheiro, assim como os demais funcionários da casa, os professores também. Eu não tinha uma família grande e os poucos parentes que conheci não foram muito simpáticos, de fato, embora tivessem sempre as frases perfeitas.

Aos poucos fui entendendo que o amor não era um texto, um presente, uma foto, mas isso também não foi suficiente para me ajudar a entender o que era. A tal da caridade conhecida por meio deles eu entendi bem, mas não consegui encontrar nela verdades libertadoras.

Mas atenção, queridos leitores, sem precipitação. Não vamos escolher ainda como protagonista a religião, o fundamentalismo aqui não é o caso, mas ainda assim, por favor, peço que não saiam dessa história sem refletir sobre o automatismo, o medo e a culpa carregada.

A minha família tinha bens, nada de dificuldades financeiras. Nunca enfrentaram isso nem de longe. Geladeira e despensa compostas por alimentos necessários sem o prazer de comer, havia luxo sem gozo, certa benevolência sem coração. Também não era questão de maldade, abundavam, sim, os gestos de uma boa vontade conveniente e não interiorizada.

Aos poucos fui percebendo que meus pais deveriam ter sido preparados para adotar uma criança negra de forma a saber lidar com as questões raciais. Eles não me consideram uma pessoa negra, na minha vida foi como se eu tivesse sido criado como "o filho branco que é escuro", por apenas um detalhe, porque segundo eles todos éramos iguais, filhos de Deus. O grupo familiar nem ao menos aceitava a existência do racismo, defendiam, acima de tudo, a supremacia do princípio cristão da igualdade.

Quando vivi os primeiros episódios de discriminação na escola, nos estabelecimentos comerciais e até nas reuniões espíritas ninguém estava preparado para me ajudar a lidar com esses confrontos, o tal "deixa para lá" nunca foi solução para mim. Mas o que esperar deles, já que nem consideravam a questão? Na maioria das vezes diziam que eu era sensível demais, que tinha baixa autoestima, talvez trauma da adoção, porque filhos adotivos costumam ser problemáticos, segundo o senso comum. No fim, para eles eu estava sempre me vitimizando e dando importância a situações que não existiam.

O pai costumava dizer: "Isso não seria coisa da sua cabeça? Supere esse sentimento de rejeição, nossa família nunca teve gente fraca, esse seu complexo de inferioridade é péssimo, nós aqui damos tudo do bom e do melhor pra você, mas sempre tenho a sensação de que você nunca está satisfeito, por melhor que façamos. Reze, peça perdão a Deus. Sabe o que é isso? É ingratidão!".

Meu pai sempre foi nervoso, mas quando bebia tinha ataques de fúria e me repreendia com algumas frases inesquecíveis: "Hoje você vai apanhar pra aprender a ser branco. Vou bater até você botar pra fora esse sangue negro que não presta. Você merecia era uma transfusão total!".

A primeira vez que apanhei assim, meu pai entrou no quarto sem avisar, eu devia ter uns treze, catorze anos, a questão toda foi por causa de um quadro que ganhei de uma amiga. Lembro que cheguei todo feliz e colei na parede a obra, bem perto da minha cama, uma pintura de Bob Marley! Meu pai logo suspeitou que eu estivesse fumando maconha. Ainda tentei argumentar:

– Pai, você sabe quem foi Bob Marley?

Ele respondendo com ódio:

– Tá querendo me chamar de ignorante?

Mais surra.

Apanhar doía, mas a frieza e a falta de contato físico também. O meu pai era do tipo que quase não me tocava, nos aniversários eu ganhava uns tapinhas nas costas, um abraço seco e balançado. Parecia ser um incômodo para a família, era assim com todo mundo.

Quando eu andava na rua e encontrava pai e filho de mãos dadas, ou mãe e filho, corria para algum lugar escondido, sufocado, o coração acelerava muito. Sem perceber a razão e me sentindo culpado, chorava. Eu já era um homem, mas desde criança chorava muito e escondido. Às vezes era um pranto esquisito, raivoso, porque não entendia os porquês do meu sofrimento e também não tinha com quem desabafar.

Minha mãe era daquele tipo fútil, rica e funcional. Me alimentava, supria minhas necessidades básicas, mas não parecia sinceramente gostar da maternidade e, no meu caso, o filho preto, parecia que minha presença causava nela um certo incômodo. Nunca foi carinhosa.

Tentei falar com um padre uma época, indo ao confessionário, mas mal comecei a falar o padre interrompeu: "Agradeça a oportunidade de ter uma família, sabe quantas pessoas nesse mundo desejariam isso?". Aí eu ficava me sentindo péssimo, chegava a culpa e pronto, saía de lá arrasado, pior do que antes. Mas vamos pular essa parte. Quero compartilhar um momento bem complicado da minha vida.

Foi assim: um dia, entrei na casa grande onde cresci pela porta da frente, se a fechadura tivesse mudado, arrombaria. Tinha a chave desde que parti para estudar medicina, me tornei um neurocirurgião renomado e vivia em outro continente, com a desculpa de uma vida independente e o desafio do progresso em outras terras.

A verdade é que ali dentro sempre me senti asfixiado. Meus pais já estavam mais velhos, dois filhos ainda viviam em casa, me assegurei de que meus sobrinhos não estariam, os irmãos e as cunhadas também não. Nesse mesmo dia, mais cedo, liguei para saber se todos estavam bem, mandei beijos e mais uma vez agradeci por tudo o que me ofereceram, essa era uma frase padrão para um filho adestrado dizer nas ocasiões certas e dar o tal do orgulho para a família.

Vocês já sabem que eu sou negro, mas eu me vesti em tons negríssimos, propositalmente. Estava com o cabelo trançado, amava usar tranças grudadas na cabeça, corridas, coisa que meus pais sempre criticaram. Era chegada a hora de matar a minha dor, ardente, insuportável ao longo dos anos, talvez até melhorasse do transtorno de ansiedade, porque convivia sempre com crises de pânico, eram terríveis.

Nunca soube quem eu realmente era, essa busca era insaciável, foi aí que decidi que talvez ao cometer um crime tudo pudesse ficar mais fácil de entender. Já dentro da casa, tremi só de entrar naquele ambiente tão conhecido. Imediatamente me vieram as frases de uma vida, muitas reforçadas pelas minhas babás, principalmente a Dora, uma senhora negra por quem sempre tive muita afeição e que me apoiava em tudo. Outras vezes ouvi escutando atrás das portas. De qualquer jeito, as frases chegavam como pequenas flechas certeiras, furavam com força os meus ouvidos.

— Quer ficar com esse menino, Dona Ruth? Tem só três anos. Foi achado aí em frente ao comércio, perambulando. Parece saudável. Meu Deus, olha a carinha dele, parece um macaquinho, veja os braços como são compridos. Quando levei ele pra casa e dei banho, vi que tem o saco escuro, nunca tinha visto isso, até as palmas das mãos são negras, imagine! Vai dar um rapagão, mas veja bem se quer, esse povo preto tem tendências ao mundo do crime e drogas. Mas é sempre um bônus com Deus, né?

A futura mãe não titubeou.

— Os meus já estão crescidos, preciso de uma nova missão. Por isso mesmo, faremos dessa criança um exemplo de que uma vida no mundo dos brancos pode mudar um destino.

Conversou com o esposo e concordaram: me criariam com o objetivo de mostrar que a convivência entre os brancos era a cura para a degradação da negritude. O patriarca, médico, era ambição pura. Logo se imaginou alçando o topo da carreira, defendendo a tese da adoção inter-racial nos seus congressos entre os médicos, amigos de profissão.

Na lista de pensamentos doídos, tinha frases memoráveis. Um dos dias mais duros foi quando o vizinho entrou comigo, ainda menino, doze, treze anos, desmaiado nos braços:

— Desculpem, senhor e senhora Abdellah, me perdoem, de coração! Quase aconteceu uma tragédia! Esse menino, também, entrou no meu quintal de repente, veio chamar meu filho pra brincar, mas eu não reconheci direito e quase dei um tiro, foi Deus!

Na ocasião, ninguém fez nada. Ficou por isso mesmo. Ainda levei bronca.

Estar novamente dentro da casa, era abrir essa caixa de lembranças. Saí da sala e fui direto para o meu quarto. A casa parecia mal assombrada, o único lugar de paz costumava ser o meu quarto, mas também foi ali onde mais apanhei. Procurei vestígios do meu sangue nas paredes, não havia, claro. O quarto estava intacto, lógico, meus pais gostavam de ostentar o quarto onde criaram o filho negro que venceu na vida e virou até neurocirurgião no estrangeiro. Observei que algo não estava ali: o quadro do Bob Marley. Inevitavelmente aquele foi o gatilho para o meu ódio.

Onde estaria o meu quadro? Foi a única peça retirada. Bob era, naquele ambiente, minha maior referência, meu espelho negro. Muitas pessoas nunca souberam e eu aprendi nas entrelinhas dos meus estudos médicos: ele era um virologista, com sua filosofia acreditava que poderia curar o ódio e o racismo com a música. Se eu não fiz nada de errado antes foi porque aquele que meus pais mais odiavam me salvou. Ali, deitado em minha cama, eu pensava em tudo isso, mas também atinei.

Por que aceitei ser esse preto projetado para viver, agradar e vencer em uma sociedade onde os brancos dominam tudo? Ler o aguerrido defensor dos direitos dos afro-americanos Malcolm X; o abolicionista, jornalista e escritor Luís Gama; a filósofa, professora, intelectual e antropóloga Lélia Gonzalez, entre tantos notáveis, mudou a minha vida. Eu estava ali bem preparado, depois de tanto tempo, para a hora da justiça e da reparação. Quem fez sangrar também iria sangrar.

Estava tão exausto mentalmente com todas essas lembranças que cochilei rapidamente, como fazia nos plantões, era um dormir rápido, quase instantâneo. De repente, me vi de pé, com um dos meus tacos de golfe na mão. Durante anos pratiquei o esporte para agradar meu pai e seus amigos. Venci muitos torneiros, cumpri direitinho a cartilha do preto desejado e planejado por todos.

Nem eu sei como cheguei tão rápido, mas logo me vi no quarto dos meus pais quando comecei a bater neles com fúria segurando o taco de golfe. Aquele gesto inesperado me trouxe prazer, uma ereção e uma imensa alegria que eu nunca havia experimentado na vida. Bati mais, não senti cansaço algum nem desejo de parar. Eles dormiam em sono profundo, estavam em silêncio como eu tive que ficar todas as vezes em que apanhei. Diante da situação, eu já não os reconhecia, apenas a carne espalhada e o sangue jorrando, como nas cirurgias.

Pensei: "vou fazer deles um monte de carne podre, como aquelas carnes dos açougues". Lembro que tinha um no bairro, uma vez entrei e desde aquele dia parei de comer cadáveres. Droga de pensamento. Respirei fundo para tomar fôlego e bati mais, mais, estava me libertando e em profundo êxtase. Percebi que, ao matar meus pais, finalmente tocava e era tocado, renascia de um jeito inesperado. Eu gostava de filmes investigativos, mas nunca consegui entender o lugar dos criminosos em relação aos seus crimes. Quem os assassinos realmente tentavam matar? Sempre pensei que a diferença entre um psicopata e uma pessoa com doença mental e vida funcional talvez fosse o amor, porque o ódio e a violência geravam péssimos frutos.

Dia seguinte, na minha casa, sol já na cara, acordei atrasado e corri para a sessão de terapia.

— Boa tarde, doutor Cândido, tudo bem?

— Tudo bem, doutora Gabriela, e com a senhora?

— Percebi que você atrasou hoje, isso é raro. Aconteceu alguma coisa?

— Desculpa, é que acordei assustado. Nossa, tive um pesadelo terrível, sei lá, uma visão, podemos falar sobre isso?

— Sim, você pode falar, sabe as regras daqui, pode falar sobre o que quiser.

— Sabe, doutora, aconteceu uma situação muito estranha. De repente, acordei na minha casa e me senti livre como nunca. Me vi no quarto dos meus pais, mas ali havia um cenário de aterrorizar qualquer um. Havia muito sangue e pedaços de corpos espalhados. Eu despertei com um aperto no coração, suava muito, quase não conseguia respirar. Cheguei a vomitar.

— O que aconteceu?

— Não sei como, mas nesse pesadelo matei meus pais e o pior é que senti muito prazer com isso, é até difícil falar.

— Posso te interromper um pouco? Primeiro, quero dizer que está tudo bem, tudo certo. Pode respirar aliviado. Estou muito orgulhosa de você, aliás, faz tempo que estou percebendo como estamos avançando aqui. Expressar raiva, fúria e ódio, considerando tudo o que você passou, mesmo em um sonho ruim, é sinal de que você está cada dia mais perto de si mesmo. Eu nunca vi você assim!

A sessão terminou, fui para casa. A terapia era sempre às terças, no horário da tarde. Não aceitei com facilidade o contato com a terapeuta no início, achava estranho falar com um desconhecido, mas desde a adolescência a família fez questão de que eu frequentasse os atendimentos para reprogramação genética e também visando evitar fracassos cármicos dos meus antepassados pretos.

Confesso que sentia raiva, como assim uma terapeuta branca iria entender a minha realidade? Com o tempo, cheguei a sentir ódio, o mesmo auto-ódio que alimentava as minhas ações cotidianas. Demorei muito para perceber como aquele espaço era sagrado e continuei, porque ali havia sigilo e podia falar sobre qualquer assunto: podia sentir raiva, falar mal de quem quisesse, inclusive nomear o racismo e aprender como lidar com as suas consequências inevitáveis. Eu podia gritar, rir, chorar, ações que não costumava fazer em público, e enfrentar o impensado: minha humanidade.

# Mandinga

Amanhecer todos os dias vivo e com saúde é uma alegria, um presente, uma esperança. Um milagre diário. Mantendo os pensamentos serenos, as demandas vão se ajeitando, algumas não tem mesmo solução, a aceitação é fundamental. Os problemas não perguntam "Posso chegar agora?". Longe disso, esperam devoradores de dúvidas, a solução urgente. As dificuldades têm pressa e andam em bandos. No decorrer de uma existência, a fila de problemas é enorme. Seguindo, claro, a perspectiva de enfrentamento de cada indivíduo e querendo ou não a fila sempre anda. É o imponderável.

Amanhecer com a certeza do amor de alguém é sonho de muitos, realizado por poucos. Quem é que realmente dá conta de amar nem que seja por um segundo, assim, mesmo que por um breve instante, mesmo que o amor vivido seja ameaçado, com tempo contado, antes que amanheça? Amar é reconstruir, é se transformar, misturar energias além do ego e se permitir morrer para renascer em função de uma caminhada compartilhada. Existem várias formas de amar, nenhuma delas pode ser receita, porque cada um se adapta afetivamente de acordo com a sua individualidade.

Vejamos o caso da história de amor de Braima e Cadi. Os dois nasceram no Brasil, mas eram filhos de um casal de negros africanos da etnia mandinga, um dos dez grupos mais populosos da Guiné-Bissau. Os pais nasceram no Norte do país, onde os mandinga eram maioria. Em casa sempre falaram a língua de seu povo, além de um pouco de português e kriol. Chegaram ao Brasil como refugiados nos anos 80. Até hoje, mesmo com os choques culturais, mantinham algumas das suas tradições, embora tivessem sido convertidos ao islamismo.

O jovem casal aprendeu pela tradição da oralidade, em

família, que o império do Mali, também chamado de império dos Djalis Mandé – cantores mandinga – sofreu uma forte ruptura depois do aparecimento de outro reino independente, nomeado Kaabú. Após a queda do poder central, no século XVI, passaram a se constituir como um Estado autônomo, com poderes próprios e chefiado por um Mansa (rei) chamado Sama Koli, também conhecido como Kaabú Mansabá ou Farim Kaabú, neto de Tiramankhan Traore.

O reino de Kaabú se estendia desde as terras da Guiné-Bissau, pela Gâmbia e Casamansa, até o Sul do Senegal. Possuía como embrião do poder Kansalá (centro político), que fica na atual região Norte de Gabu, província leste da atual República da Guiné-Bissau.

Braima e Cadi eram filhos de combatentes e refugiados que não chegaram ao Brasil por acaso. Foi aqui, no século XIX, que os mandinga iniciaram a Revolta dos Malês, a mais impactante investida contra a escravidão no Brasil, um exemplo dos diversos povos que consolidaram a supremacia governativa e organizada como a tentativa de criação de um Estado tradicional africano.

Seus pais sempre repetiam essa história com muito orgulho, dizendo que o Brasil também era solo de seus antepassados, que não eram estranhos nessa terra. Gostavam de destacar nomes como o de Luísa Mahin, revolucionária também envolvida na Revolta dos Malês, e seu filho, Luís Gama, jornalista e abolicionista, advogado dos pobres e protagonista da libertação de muitos negros.

Em casa, com a filha Djenabu, de sete anos, que desde pequena ouvira essas histórias e tantas outras do seu povo, ainda falavam a língua dos pais, o mandinga. O sentimento que unia essa família era forte como os seus reinos e impérios ancestrais, assentado em uma multidão de espíritos, cheios de intimidade, com laços eternos e renovado ano após ano. Para eles, na concepção das múltiplas existências, o ciclo da vida não cessava.

Braima era costureiro e também vivia de pequenos bicos, consertos, enquanto procurava um emprego fixo. Cadi vendia as roupas feitas pelo marido em tecidos africanos. Com sua simpatia, convidava amigos e clientes para o atendimento em casa enquanto cuidava das questões domésticas e da filha.

Lamentavelmente, antes do nascimento de Djenabu, Cadi foi atropelada em uma via pública de grande circulação e perdeu o movimento das pernas. O motorista fugiu e nunca assumiu a responsabilidade sobre o trágico ocorrido. Na ocasião, ela foi socorrida por passantes, perdeu seus documentos, foi hospitalizada e só depois de muitos dias foi localizada pelo marido.

Envoltos na situação de saúde de Cadi e com ausência de qualquer informação sobre o motorista, ficaram sem saber como agir. No fim, informados por amigos, deram entrada em alguns papéis pela justiça e depois de anos receberam uma indenização do Estado que ajudou a enfrentar aquela fase tão dura.

Não foi fácil se adaptar ao novo corpo, trabalhar a mente para que pudesse bloquear qualquer crença de incapacidade. Foi aos poucos recuperando um pouco dos movimentos, treinando uma vida mais funcional diante da realidade, tendo que se acostumar a se movimentar com a cadeira de rodas.

Segundo os médicos, não poderia engravidar, o que desmentiu acreditando em suas tradições e conseguindo trazer ao mundo mais uma ancestral mandinga, realizando o seu grande desejo de ser mãe. Djenabu nasceu perfeita e com saúde. Mais uma batalha vencida.

Em poucos meses, o coronavírus tomou conta do planeta, infectou milhões de pessoas e causou impactos em todos os setores do país. 2020 foi o ano em que a pandemia da Covid-19 parou o mundo. Para negros e refugiados como eles, já apartados cotidianamente em uma sociedade racista e capitalista, o reflexo desse momento de tragédia histórica revelou ainda mais as assimetrias sociais.

O isolamento social que já enfrentavam, agravado pelo vírus, impactou muito a vida da família, a organização financeira, consumiu todas as reservas que possuíam, tiveram que fazer cortes bruscos e cada vez maiores, sendo que as prioridades não diminuíam.

Seguiram unidos e em busca de saídas. Começaram a vender os móveis simples da casa alugada. Já tinham passado por perrengues outros, dificuldades aqui e ali, mas sempre davam um jeito de contornar. Gostavam de decidir e resolver as coisas juntos. Desde que namoravam diziam: "sempre iremos cuidar um do outro, seja lá o que quer que aconteça".

Havia na personalidade de Cadi uma particularidade. Desde criança ela amava estudar números e vivia pesquisando estatísticas para ganhar dinheiro na loteria, costumava sonhar com tabuadas, rabiscos numerados. Assim que começou a ganhar seu próprio dinheiro fazia jogos no nome da filha sempre que podia, ainda que fosse um valor pequeno, estudava como e quando apostar. Nos sonhos que tinha as imagens eram vivas. Os números não apareciam seguidos nem na mesma coluna (vertical). Além disso, costumava aparecer uma mulher que nunca havia visto dizendo que devia apostar na mesma quantidade de dezenas pares e ímpares e dividir a cartela em quatro quadrantes. A mulher indicava que selecionasse sempre dezenas de quadrantes diversos.

Como admirava muito Luísa Mahin, começou a acreditar que era a própria Luísa. Acordada, conversava com ela quando rezava, pedia conselhos. Com uns poucos trocados separados da venda das roupas e de alguns doces que fazia, Cadi jogava toda semana. O marido às vezes reclamava um pouco, mas deixava para lá.

No mês de julho a situação da pandemia chegou ao extremo naquela família. Os pais do casal eram idosos, estavam isolados em casa. Eles também. O pouco que tinham dividiam com os pais. Mas a comida estava acabando. Braima estava sempre procurando soluções, agora mais ainda, em casa e sem emprego. A mulher admirava muito a persistência e determinação dele.

Era costume jantar juntos. Mas a comida foi diminuindo, depois de um tempo não havia mais jantar. Faziam apenas duas refeições por dia. Nessas horas, Djenabu comia primeiro, ele e ela fingiam que comiam e deixavam para o outro dia. Seguravam a barra como podiam. Pegavam cestas na caridade, ela limpava casas de outras pessoas, o problema era a pandemia. Na grande cidade onde viviam os números das mortes eram assustadores. Foram ficando mesmo sem opção.

Em uma dessas noites, o patriarca chamou a mulher e a filha para que sentassem ali mesmo, no chão da cozinha, já sem mesa, armário, geladeira e fogão. Tinha um assunto importante para conversar.

– Eu sempre falei pra vocês que cuidaria da nossa família, mas não posso negar que a cada dia tá ficando mais difícil pra nós.

Djenabu disse:

– Pai, eu te amo, tenho muito orgulho de você, meu papai!

– Obrigado, filha, eu também te amo, muito! Vocês sabem que estamos, com exceção de Djenabu, sem comer há alguns dias.

Como será amanhã? Com esse vírus por aí, mortal, nossa vida mudou totalmente, eu sinto muito mesmo, peço desculpas por não conseguir cumprir a minha promessa. Vocês também sabem há quanto tempo eu tento uma vaga fixa no mercado de trabalho, estou estudando para concursos faz tempo, nós refugiados sofremos preconceito e racismo, não preciso repetir essa história. Nem vamos nos render a ela. Essa não é a essência do nosso povo, vocês sabem que nunca gostei de reclamar. E não vou fazer isso agora.

Braima chorou de soluçar até conseguir se acalmar, enquanto mãe e filha permaneciam sentadas, a filha um pouco assustada, a mãe procurando algo que realmente fosse útil para dizer naquele momento e apoiar o marido, nunca tinham presenciado seu choro, ele parecia sempre tão forte!

Djenabu afirmou:

— Pai, tudo vai ficar bem, você sempre me diz isso, eu confio em você.

Cadi confirmou:

— Estamos aqui e sempre estaremos. Juntos.

As duas abraçaram forte o homem tão amado e choraram juntos.

No dia seguinte, bem cedo, Cadi já estava toda pronta, conseguiu desenvolver certa autonomia para fazer suas coisas. Saiu do quarto sem fazer barulho e acordou Djenabu. Entregou mudas de roupas para a filha.

— Amor, vista essas roupas rápido e sem fazer barulho, nós vamos na rua. Não esqueça a sua máscara. Não faça barulho, por favor, não queremos acordar o seu pai.

Em frente à casa, uma amiga buzinou. Cadi abriu a porta devagar e respondeu com um aceno. Pegaram a chave, Djenabu ajudou a mãe com a cadeira, colocaram os documentos no colo de Cadi. Com um pouco de jeito, conseguiram entrar e colocar a cadeira no carro apertado da amiga e lá estavam.

– Aonde estamos indo, mãe?

– Logo você vai saber, filha.

Pararam em frente a uma galeria de lojas.

– Mãe, vou te ajudar a sair.

Do lado de fora, Cadi disse à filha:

– Presta atenção, vamos por aqui. Agora entra à direita e vira à esquerda, é aqui mesmo, no primeiro corredor.

O coração estava acelerado e as mãos trêmulas.

O local estava aberto, que alívio, vazio. Cadi se dirigiu ao guichê aberto e apresentou os seus documentos e um pedaço de papel. A funcionária, meio sonolenta, respondeu meio desinteressada:

– Só um tempinho, já vou conferir.

Entrou para uma sala lá dentro, não dava para ver de fora. Voltou com um homem, tinha cara de chefe.

– A senhora como chama?

– Cadi, mas o documento está no nome da minha filha, Djenabu.

– A menina é tão pequena e já tão sortuda! Como fala mesmo esse nome? Dilabu?

Cadi responde simpática:

– Quase, senhor. O correto é Djenabu.

O homem ri com expressão de quem finge que tenta aprender.

– Nome diferente! Ora vejam, a menina Dibu é a mais nova ganhadora da Mega-Sena. São dois milhões e meio de reais. A mais nova milionária é da minha lotérica! – o homem gritou tanto que parecia ser ele o ganhador. – Esperem um pouco.

Entrou e depois de alguns minutos que duraram uma eternidade, saiu.

– Aqui estão os documentos e as informações necessárias para receber os valores, aproveitem bem.

Mãe e filha saíram aceleradas, com os papéis no colo de Cadi. Djenabu só pensava em comer um prato grande de comida, com suco e sobremesa. Voltaram para o carro da amiga atônitas, ainda sem conseguir dar a notícia, foram direto pra casa.

Braima estava acordado, sentado no chão da sala rezando. A testa tocava o tapete especial.

– O que foi, Cadi, aconteceu alguma emergência? Eu aqui sozinho estava ficando louco de preocupação, nem celulares temos mais pra facilitar a comunicação!

– Braima, oh, meu marido amado, nunca esqueci de quem somos descendentes, nunca deixei de acreditar, não estávamos sozinhos durante toda essa tempestade. Fiz o jogo na lotérica, como sempre, no nome de Djenabu, mas dessa vez ganhamos! Temos agora, meu marido, um crédito de dois milhões e meio pra receber!

Entregou os papéis para que ele também tomasse conhecimento.

– Esses são os papéis com os procedimentos.

Braima leu e ficou em silêncio, relendo umas duas ou três vezes. Depois falou várias vezes, frases em mandinga, dialogando com a esposa e a filha. Ajoelharam e rezaram juntos. Finalmente, libertos, o dinheiro não era tudo, mas já tinham o principal entre eles. Ainda teriam que vencer o vírus, não sabiam por quanto tempo, mas estavam com as forças renovadas. Ainda haveria vida, esperança para o infinito desejo de amar antes que amanheça.

**223784**

Eu sei que muitos não acreditarão, mas foi assim mesmo que tudo aconteceu. Os dois sempre foram grudados, primeiro o pai e a mãe, depois o pai e a filha. Na família humilde, ele fazia de tudo para ser um bom homem e um bom pai. A mulher sempre foi a rainha, a menina, "os quindins" de papai. Não formavam a família perfeita, tinham suas contradições e conflitos. Também tinham muito afeto. O que faltava em um, o outro procurava compensar. Diante das adversidades, Mazinho e sua esposa ficaram cada vez mais apegados.

Alguns anos depois do casamento, quando sua companheira ficou grávida, os dois foram surpreendidos em êxtase, alegria e preocupação. Seria maravilhoso ter um fruto, mas como livrá-lo da dor que sofreram pelo casamento inter-racial? E quando a menina perguntasse pelos parentes? Se puxasse a mãe, seria rejeitada pela família paterna e vice-versa.

No nascimento do bebê, o casal viveu o seu momento mais bonito. Muita festa em casa com a participação dos vizinhos, eram muito queridos e conhecidos no bairro. Lamentavelmente, oito meses após o nascimento de Jurema, Rita fez a passagem. Na última conversa do casal ela fez com que Mazinho prometesse que, caso acontecesse algo inesperado, ele cuidaria e amaria Jurema incondicionalmente. Sabia que não teriam o apoio das famílias.

Diante da revolta com o falecimento súbito da esposa, Mazinho foi taxativo: não viveria amargurado. Foram cinco anos de namoro, doze anos de casados, muita lembrança boa. Quem teve o privilégio de ser tão amado por tanto tempo? A morte era o imponderável, segundo Mazinho.

Não cabia a ninguém o questionamento nem a indignação. Diante dela preferia expressar a gratidão por ter vivido o seu amor e, além disso, agora seguiria com a filha, um presente da vida. Entretanto, essa visão de mundo não impediu que Mazinho vivesse o seu luto por dois anos, tempo durante o qual, segundo ele, completou o ciclo de partida e se preparou para a vida a seguir.

Os tempos de infância abreviaram-se com rapidez, Jurema não era mais a Jujuzinha, nem a Jujure, como chamava o pai. O crescimento da menina aumentou a preocupação daquele que sempre desejou mantê-la a salvo do mundo e seus ardis. Mazinho agora estava mais velho.

Mais que isso, precisaria enfrentar o racismo, contar à filha que as famílias foram separadas pelo preconceito, pelo racismo que tanto atormentou a sua relação com a esposa. Ele era negro, ela branca. O casamento não obteve o consentimento dos pais. Desde que os dois foram renegados pelas famílias, passaram a viver em um bairro no subúrbio, com algumas privações afetivas e materiais, uma realidade diferente da anterior, já que a parentela morava em bairros ocupados pelos mais abastados.

Antes do início da relação, Mazinho sempre foi muito respeitado pelo pai de Rita, frequentava as festas, a casa da família, conhecia a intimidade, mas tudo mudou quando caiu de amores pela moça. Mazinho até poderia ser o "amigo negro", mas nunca o parente, o genro negro, isso seria demais. Rita também passou a ter como algoz a cunhada, antes sua melhor amiga e confidente, sendo inclusive acusada de traição, afinal, como ousava flertar com um dos negros mais cobiçados do bairro?

Pensamentos a dialogar com Mazinho, sentado no toco de madeira na frente de casa para fumar o seu habitual cigarro de palha após o almoço. O fumo aceso costumava abrir um portal onde adentrava para conversar com seus ancestrais, europeus, asiáticos, indígenas, negros, mestiços, sabia que com eles sempre poderia contar. Foi nesse instante que suspeitou, ao ver com tanta nitidez essa gente toda, que o seu tempo nessa vida estaria chegando ao fim. Infelizmente teria que começar a preparar Jurema para o imponderável.

Tinha tanta coisa para dizer. Foram tão felizes ali! Faria tudo de novo, as pessoas que conheceu, o modo de vida dos mais simples, a distância da hipocrisia e do apego ao mundo material, como tudo isso foi enriquecedor! Nunca soube o que era viver em comunidade, no mundo de onde veio cada um vivia por si e para si.

Rita estudou, se formou, ele também. Jurema agora era uma jovem arquiteta bem empregada. Ele optou por trabalhar com mecânica, tinha a sua própria oficina nos fundos de casa. Nunca ficou sem serviço. Vivia bem, sim, sentia saudades da família, mas não vivia se lamentando. Reflexões interrompidas pela chegada da filha.

– Pai, o senhor não sabe que não pode mais ficar fumando? Mesmo de palha, pai, o senhor parece menino!

Jurema, a razão dos seus dias na Terra, estava ali de carne, osso e pele ainda mais escura que a dele, parecia talhada como alguma escultura egípcia em seu pretume irretocável. Da mãe, trouxera os olhos de mel, enormes, como faróis reluzentes, o corpo esguio e o tom morno na voz.

– Filhota, tá bem, eu vou parar, estou fumando menos, é aos poucos, tenha paciência com o seu velho... Mas não se preocupe, se um dia eu passar dessa pra melhor você vai ficar bem, eu prometo! Não esqueça a nossa promessa: pegue o número de minha sepultura e tente a sorte no jogo do bicho. Confie no seu pai.

Mazinho queria que a filha ficasse bem e mais, gostaria de saber como ela lidaria com as questões materiais. Sempre conversaram sobre isso, dinheiro não era tudo, mas fazia falta sim e se bem empregado poderia ser uma bênção.

— Lá vem o senhor com essa história, eita, pai, que conversa boba. É claro que eu vou ficar bem. Lembra que vou viajar e volto daqui a duas semanas, assim que terminar o trabalho lá com o projeto voltarei, não fique isolado, sai um pouco, vai até a esquina, conversa com a Dona Clícia, ela está sempre disposta a ajudar, o senhor sabe... Sei que é difícil não mexer mais com a oficina, mas não precisa ficar parado. Tem os cães do nosso jardim, ah, e por favor, não se esqueça do cuidado com as violetas e do tempo da poda que chegará por esses dias, sei que minhas plantinhas ficarão em ótimas mãos. Por último: isso não é um pedido, é uma ordem. Não fique sem comer! Deixei vários pratos congelados, é só aquecer. Te amo pra sempre, meu velhinho.

Em um tempo e espaço além do que é possível precisar, os dois ficaram ali, unidos em um abraço sem pressa de acabar. Os silêncios entre os dois foram pausas dramáticas, complexas em seus significados e territórios diaspóricos. Mazinho acariciou o rosto e os cabelos da filha:

— Pretinha do pai, você é o meu orgulho, filha amada, Deus que te abençoe. Vá na proteção de São Jorge e de Nossa Senhora Aparecida e não se esqueça de tudo em que acreditamos, da nossa fé nos orixás. Lembre-se, esteja onde estiver, da resistência do nosso povo, das estratégias necessárias pra encarar esse mundo, somos mais que guerreiros, somos vitoriosos!

— Já sei, pai, sou negra, sou mulher, com muito orgulho. Não serei conivente com o preconceito nem com a violência, sou capaz e sempre lutarei pelos meus direitos!

Essa frase foi uma das primeiras que o pai pediu que repetisse, como um mantra, e, de fato, já tinha sido útil na vida da filha inúmeras vezes.

Jurema partiu, os caminhos foram de êxito na sua viagem. Missão cumprida, estava ansiosa para voltar para casa. Além disso, estava ansiosa. Teria que enfrentar uma conversa séria com o pai. Tinha algo muito importante e difícil para revelar.

Enquanto arrumava a mala, decidiu ir ao salão hidratar os cabelos crespos que o pai tanto admirava, chegaria linda, radiante, ele ficaria muito alegre! Voo marcado, check-in feito, do salão sairia para o aeroporto. Na pressa de um dia cheio, Jurema chegou ao salão e tentou explicar à cabeleireira, ela parecia novata no lugar, propôs um relaxamento, mas Jurema não estava em busca de nenhum produto para soltar os cachos nem diminuir o volume. Logo percebeu como a tarefa era impossível. A expressão da "profissional", olhando com nojo para suas madeixas crespas e volumosas, estava infestava de preconceito! Ali não seria possível dialogar. Resolveu dar meia volta e sair.

Já do lado de fora, uma Jurema chateada atendeu ao telefone insistente a demarcar alguma urgência. Após a conversa, caminhou apressada e entrou no hotel, situado ali pertinho. Subiu para o quarto, sentou na cama, embalada no pranto e no desespero. Buscou forças para reunir o que já havia deixado pronto, correu para a recepção, pagou os débitos e pediu um táxi.

A caminho do aeroporto, chorou compulsivamente. O taxista, em sua última corrida, doido para descansar depois de um dia cansativo, olhou meio desconfiado. Viu um corpo negro de mulher em conflito, ela parecia muito agitada, ele não queria problemas, pensou. Era melhor sempre ficar de olho nessa gente escura. Ainda bem que não houve problema algum, ela pagou tudo direitinho e ficou na dela, pensou ele já fora do veículo enquanto conferia as notas do pagamento.

Na área de embarque do aeroporto, com os trâmites cumpridos, restou a espera infinita. Sentou no chão do saguão, chorou como se fosse se afogar em um rio de lágrimas cheio de objetos perfurantes como flechas certeiras. Não era só choro, era grito, um corpo inflamado de dor. Talvez estivesse chorando também por outras agruras, lutos não vividos, a perda da mãe, da família, como assim não teria mais o pai ao seu lado?

No meio disso tudo apareceu na sua mente a imagem do namorado, sim, ele iria amanhã para a sua casa, tinham marcado tudo, iria conhecer o pai, seria uma chegada surpresa, mas como lembrar disso justo agora? Precisava falar com ele! Ainda meio fora de órbita, ligou para ele, explicou a situação, ele disse que faria o possível para antecipar o voo e chegar o mais breve.

Ela adiou algumas vezes o encontro, embora estivessem namorando há sete meses, porque Mateus, Mateus era branco! Essa discussão sobre brancos e branquitude era bem complexa, mas de fato ele era socialmente branco, não era negro não, passaria por branco no tal do teste da boa aparência, mas isso era suficiente no país onde cada um era o que parecia.

Na verdade, tinha medo porque não sabia qual seria a reação do pai. Para ela também não foi nada fácil. No início, custou a aceitar a relação com o seu melhor amigo. Seu pai sempre fez questão de deixar claro o quão difícil foi a vida em uma relação inter-racial. Por outro lado, ela não conheceu casal mais feliz e dedicado, isso porque sabia de cór algumas histórias contadas por ele. Histórias de amor. Agora estava diante dos paradoxos da própria realidade.

Justo no dia em que havia decidido revelar ao pai o seu escolhido, deu-se o momento fatal.

Jurema mal entrou no bairro e começou a receber abraços amigos. Ao chegar em casa, os cães latiam com fome e desatino. Até as plantas murchas revelavam: ele não estava mais ali. A vizinha mais próxima, Dona Clícia, estava na sala, tentando dar um jeito no ambiente.

– Dona Clícia, não é preciso!

– Mas seu pai sempre foi impecável nos cuidados domésticos, não consigo deixar as coisas como estão. Ah, minha filha, como é que a gente se prepara pra essas coisas?

As duas envolveram-se em um abraço fraterno. Dona Clícia era uma grande amiga e mãe de santo do terreiro de umbanda frequentado por Jurema e sua família, figura muito respeitada na comunidade, viúva e com todo o tempo dedicado à atividade religiosa e comunitária. Seus pais sempre foram médiuns ativos na casa de Mãe Clícia.

Após o abraço, Jurema saiu da sala, tomou um banho e foi sentar na cozinha, onde Dona Clícia agora preparava um café. Ligou para diversas funerárias e tratou de tudo para o inevitável. Não sabia como estava de pé. À noite, o namorado chegou a tempo de ajudar nos preparativos. Velaram o corpo vestido com as roupas escolhidas por ela e Mateus, que também era umbandista. O rapaz foi muito bem recebido por Dona Clícia e os amigos do bairro. Fim do velório. Voltaram para casa em silêncio. Dona Clícia já estava na cozinha, que cheirava à canja. Mateus comeu, Jurema não.

Dia seguinte, enterro, ninguém da família apareceu. Os vizinhos lotaram o cemitério, houve certa disputa silenciosa para ver quem seguraria a alça do caixão, uma salva de palmas no momento do adeus. Ainda cantaram o samba preferido de Mazinho. Todos cumprimentavam Jurema, a filha do vizinho amigo, do líder comunitário respeitado, do mecânico do bairro.

No momento da descida do caixão foi possível ouvir o pranto doído de Jurema, acolhida por Mateus. Ela lembrou das palavras do pai, pois ele dizia que só os fortes choravam. Dona Clícia também tinha os olhos negros a despejar lágrimas em torrentes na pele preta com visíveis sinais do tempo.

Outra manhã. Jurema acordou cedo, foi ao quintal, cuidou das plantas e dos cães. Fez o café. Mateus acordou e saiu para comprar o pão. Preparou a mesa.

– Mateus, você sabe jogar no bicho?

– Eu? Sei nada.

Ela insistiu:

– Vamos lá fora, hoje vamos jogar.

Mateus ficou meio confuso.

– Jogar no bicho, hoje?

Jurema não tinha tanto tempo, a história era longa.

– Depois explico, é história antiga de família.

Jogaram seis dias seguidos usando os números 223784, anotados do jazigo, como o pai recomendara, mas não tiveram sucesso. No sétimo dia Jurema desabafou com Dona Clícia.

– Mas menina, o corpo só completou sete dias hoje! Nem subiu. Como é que o Mazinho vai interceder aqui? Espera aí, vou me vestir e vou lá com vocês.

Jogaram novamente, agora com a orientação de Dona Clícia, que conhecia as regras do jogo, as estratégias, enfim. Para a surpresa de todos, ganharam uma enorme quantidade de dinheiro. A história ficou muito conhecida no bairro. Cumpriu-se a promessa do pai.

Jurema recebeu o dinheiro, entregou uma parte para Dona Clícia reformar o centro, pois o sonho do pai sempre foi ver a casa de umbanda que frequentavam com alguns melhoramentos. Jurema, arquiteta, inclusive já havia feito o projeto em parceria com Mateus, engenheiro. Comprou também alguns brinquedos para o parquinho das crianças do bairro e mandou reformar a antiga oficina do pai, com o objetivo de contratar alguém para tocar o negócio.

Tempos depois, Mateus e Jurema se casaram na umbanda. O restante do prêmio foi usado para custear uma parte da cerimônia. Os pais do noivo e alguns poucos familiares compareceram ao casamento, mas o bairro estava em festa e todos comemoraram com alegria. Foram três dias de celebração. Algum tempo depois, Mãe Clícia e a madrinha de Mateus batizaram Maria, filha do casal.

Ao longo dos anos de vida em comum, Jurema e Mateus enfrentaram certos problemas de aceitação com a família dele, algumas tentativas de branqueamento da moça. Ao primeiro sinal do racismo iminente, Jurema foi categórica: "eu sou negra e terão que aceitar como sou". Mateus também exigiu respeito. Não foi fácil, mas resolveram estabelecer desde o início os limites para a relação.

O tronco do vovô quem herdou foi Maria, que no auge dos seus quatro anos passava bastante tempo nele, brincando, conversando com o avô, segundo ela, seu "melhor amigo imaginário". A pedido da menina, Mateus decidiu aumentar o jardim da frente de casa e colocou mais dois troncos ao lado do lugar do sogro. Esse era o local preferido para o encontro da família, momento de contação de histórias. Certo dia Maria perguntou:

– Pai, qual o seu orixá?

Mateus respondeu:

– Ogum.

– E o do vovô, mãe, qual era?

– Ogum também, filha. A vovó era de Iansã.

– Então eu devo ser de Oxum como a senhora, mãe?

– O tempo vai dizer, né, filha... O tempo traz tantos mistérios!

– Vovô e vovó estão no tempo, né, mãe?

– Sim, Maria, eles sempre estarão no tempo, no espaço entre nós, sempre farão parte da nossa família.

Mateus estava silencioso até então, entretido com o seu cigarro de palha, fumava aos poucos, reflexivo, esboçando um suave sorriso.

– Quer uma balinha, filha?

Entregou o doce à menina, ela agradeceu sorrindo.

– Vovô, vovó, papai e mamãe, eu amo vocês.

Ficaram ali por um longo tempo, em um silêncio preenchido pelas memórias, pelos sonhos desenhados nos seus horizontes de afetos, pelos universos diaspóricos.

**Amar antes que amanheça**

Quando eles se conheceram estavam em um baile charme, anos 80, Rio de Janeiro, pretos dançando na pista, luzes piscando. Na época era uma festa de orgulho negro, inspirada pelos hits brasileiros e estadunidenses. Todo mundo sabia fazer os passinhos. Em Marechal Hermes, Bangu, Madureira, vários bairros cariocas aconteciam os eventos em clubes. Os ingressos eram baratos, quase sempre mulheres grátis até certo horário.

Elza, aos seus dezessete, dezoito anos, ainda era tímida, frequentava bailes charme com a prima, amava dançar, mas nunca tinha encontrado ali um namorado, o que muitas meninas conseguiam, principalmente nas músicas lentas, para dançar de casal. Ela guardava entre seus pensamentos secretos o desejo de namorar também.

Em uma daquelas noites, parecida com as outras, se arrumavam com ansiedade, sempre de shortinho ou saia e blusinha com tênis, porque lá dentro fazia muito calor. Amava ir de black, tinha o maior orgulho do seu cabelo. A prima era loira e achava que causavam, a loirinha e a negra, eram como irmãs. Dormia na casa da prima quando iam ao baile, a tia era mais liberal, o horário de voltar era meia-noite – na casa de Elza era 22h30, com os irmãos ciumentos acompanhando ainda. Além disso, lá na Vila Kennedy, onde ela morava, era bem perigoso, não dava para curtir legal, sair à noite, essas coisas, os bailes sempre acabavam em brigas e confusão.

Um menino magrinho chamou a sua atenção quando ela estava conversando com a prima e uns amigos. Era a hora da música lenta, dava até frio na barriga. Ele convidou Elza para dançar. Ela ficou calada e a prima beliscou seu braço:

– Responde logo, Elza, ele vai desistir, coitado do garoto.

Elza falou baixinho, mas respondeu:

— Sim.

Ele logo pegou na mão dela e foram para o salão, que nem estava muito cheio.

— Você é tão linda, tava te olhando ali de longe faz um tempão, você não percebeu? Qual o seu nome?

— Elza.

— Confesso que nem sei dançar direito, não costumo convidar ninguém, mas quando vi você até tomei coragem. Desculpa se eu pisar no seu pé. O meu nome é Nando, mas me chamam de Nandinho. Prazer.

Ele colocou as mãos na cintura de Elza com firmeza, até que os dois corpos estivessem bem encaixados, dando a ele um sentimento de conquista iniciada e a ela, envaidecida, de aceitação. Elza sentiu arrepios dos pés à cabeça.

— Prazer, Nandinho.

A música era bem gostosa, dessas que embalam com facilidade, ele não sabia dançar muito bem, mas aos poucos foi chegando mais perto, se aconchegando cada vez mais no seu corpo. Ela respirou fundo e não resistiu, porque o desejo que estava sentido era algo novo, como se estivesse sem ar. Chegou àquela hora em que ela não quis que a música acabasse. Mas acabou.

— Você topa dançar outra?

— Topo, acho que ainda tá nas lentas.

Voltaram a dançar até a música acabar. Ele falou baixinho no ouvido de Elza:

— Posso te falar uma coisa? Você é a negra mais linda que eu já vi. Eu gostaria de ter uma chance de te conhecer melhor.

Ela respondeu matreira:

— E por que eu deveria aceitar?

Nandinho nem conseguiu responder, as amigas de Elza chegaram e começaram a rir e conversar. Ele se afastou um pouco, foi até o bar, pediu ao atendente um guardanapo e uma caneta. O atendente não tinha caneta, mas ele não se deu por vencido. Pediu ao caixa, que lhe emprestou uma que parecia estar nas últimas gotas de tinta. Ali mesmo, no balcão do bar, em meio às falas e danças, escreveu inspirado:

"Quando eu chegar na sua vida vai ser feito bala perdida, tiro certeiro. afeto reencontrado no centro do coração. Espere o inesperado! Nossa vida vai ser de alegria, rota de fuga da escravização indevida, acerto de contas ancestral. Quando eu chegar na sua vida jamais serei esquecido, viu? Vou fazer uma zorra incrível, patinar bem feiticeiro no seu peito e tatuar meu nome no seu pescoço".

Nandinho devolveu a caneta e, receoso, se aproximou de Elza, entregando o bilhete. Ela foi para um canto, disfarçou e leu sozinha. Após a primeira parte começou logo a ler a segunda, que apesar de curta foi a responsável pela sua decisão: "Você não vai me esquecer, não vai mais, não vai mesmo, nem tenta, eu também jamais te esquecerei, desgaste inútil, dilema sem solução". Continuaram se encontrando e após algum tempo depois foi pedida em namoro.

Um ano depois se casaram. Ele era um pouco mais velho, sabia mexer com obra. O casal não fugiu à regra de início de casamento e começaram a vida construindo aos poucos uma casa para eles no fundo do quintal da mãe dele. Ele entendia de obra, mas aceitou as sugestões de Elza. Um quarto de um jeito, uma cozinha diferente, espaço para um jardim, coisa que ela amava. Aos poucos foram montando o seu cantinho juntos.

As famílias se entenderam, como todo mundo era preto

parecia que ficava mais fácil a convivência, os costumes, os diálogos. A sogra era uma mãe para ela, o pai de Elza andava para cima e para baixo com Nandinho. Depois de sete anos de casados todos já estavam cobrando filhos. A mãe de Nandinho sempre falava bem-humorada: "Cadê meus netos, eu não sou eterna, né, gente?". Mas eles queriam primeiro terminar os estudos e organizar mais a vida. Elza estudava enfermagem e Nandinho já estava formado em engenharia. Estavam lutando para ter um futuro.

Em casa, quem gostava de fazer os serviços domésticos era ele. Principalmente lavar as panelas de alumínio e colocar no sol para dar brilho, "quarar", como diziam no bairro. Quando ela cozinhava batiam papo e tomavam uma cerveja. Depois do almoço era com ele, deixava tudo impecável.

As noites de amor eram cada dia melhores, o sexo melhorou com o tempo, assim como a convivência. Elza gostava de manter a cama sempre arrumada, perfumar os lençóis, o quarto, colocar uma luz diferente, inventava ideias para criar um clima aconchegante. Depois de uma noite dessas, regada a vinho e muito prazer, Nandinho despertou e percebeu que Elza ainda dormia. Achou estranho, porque ela sempre acordava mais cedo, madrugava. Chamou Elza várias vezes, nada. Começou a acender as luzes, falou no seu ouvido. Nem resposta. Sentiu um arrepio no corpo. Saiu de casa.

– Mãe, mãe vem cá pelo amor de Deus, a Elza não tá acordando!

Dona Dora, na sua calma, não quis preocupar o filho:

– Calma, deve estar muito cansada, deixa ela levantar aos poucos, vi vocês acordados até tarde ontem, pera aí vou me vestir e subo aí.

Nandinho já estava no quarto sacudindo Elza quando Dona Dora entrou.

– Sai, filho, deixa eu ver se consigo. Você tá muito nervoso, respira. Sou mãe, sei como fazer essas coisas, você era assim às vezes quando criança, dormia que parecia uma pedra.

Meio contrariado, Nandinho ficou esperando do lado de fora do quarto, impaciente.

Uns três minutos depois ouviu o grito da mãe:

– Nandinho, acorda o seu pai, liga o carro, vamos levar a Elza pra um hospital!

Dentro do carro, Elza no banco de trás deitada no colo dele. Na frente, Dona Dora e Seu Sebastião choravam baixinho. Sabiam que Elza estava morta. Nandinho gritava um pranto soluçado. A vida dos dois passando na cabeça. Não conseguia acreditar, sentia raiva, medo, tantos sentimentos! O desespero protagonizava tudo.

Deram entrada na emergência, os médicos levaram Elza imediatamente. Alguns minutos depois um deles retornou e chamou Nandinho:

– Infelizmente temos que comunicar o óbito da sua esposa, ela teve um infarto fulminante.

Ele desmaiou ali mesmo e foi amparado pela mãe, enquanto o pai, celular na mão, tentava tomar as providências necessárias. Funerária, cemitério, enterro, avisar as pessoas.

No dia impensado, Nando vestia branco, como todos os presentes, e andava como autômato, amparado pela família, pelos amigos e pelos sacerdotes do terreiro de umbanda que frequentava desde criança. Elza era umbandista e candomblecista. O curioso é que sempre dizia que se um dia morresse, queria que cantassem no seu enterro um ponto de Márcio Barravento. Lá estavam os ogãs e o povo da curimba cantando a todo vapor:

*Foi uma grande confusão, encontraram a*
*pomba-gira incorporada no salão*
*Foi uma grande confusão, encontraram a*
*pomba-gira incorporada no salão*

*Que moça é essa? Quem ela é?*
*Ela é Maria Padilha, rainha do cabaré*
*Que moça é essa? Quem ela é?*
*Ela é Maria Padilha, rainha do cabaré*

*Foi uma gritaria, foi um grande bafafá*
*Ela disse: eu sou rainha e aqui eu vou ficar*
*Eu já fiz o meu trabalho, já cumpri minha missão*
*Agora estou no cabaré e daqui não saio não*

Depois disso, chegou ao fim a cerimônia impensada. Não havia quem não estivesse em prantos, mas também estava ali a alegria da passagem de Elza, uma mulher que sempre transmitiu tanta força, beleza e ternura. Nos dias seguintes os pais e sogros, vigilantes, não deixavam Nando sozinho.

Uma semana depois da missa de sete dias ele disse que queria fazer um almoço, cozinhar uma lasanha, prato preferido de Elza, como homenagem. Todos apoiaram, ajudaram na cozinha, Nando até parecia alegre e motivado. Feito o almoço, rezaram uma prece, comeram em silêncio. Ele pediu a palavra e honrou a memória e a passagem de Elza. Depois da refeição os mais velhos foram descansar.

Nando limpou a cozinha como nunca, caprichando

especialmente nas panelas. Colocou uma por uma no sol ali no quintal, para quarar. Sentou no chão de terra, decidiu pegar sol também. Chorou ali tudo o que não havia chorado ainda. Chorou de alegria por uma vida com Elza, lembrou todos os momentos juntos. Foi ficando meio fora de si, a dor era de explodir o peito. Abriu o bolso do short onde havia um frasco com um pó acinzentado. Adorava cheirar rapé, colocou tudo na boca. Engoliu com um pouco de água do tanque ali perto.

– Elza, meu grande amor! Ainda vou viver tanta coisa e você não estará aqui comigo! Não adianta, não estará! Eu sei, sou fraco, tô estragando tudo, mas não dou conta de te esperar, não dou conta sem você. A espiritualidade que me perdoe.

Aquilo não era rapé. Em minutos, começou a sentir tonturas, enjoos, a vista foi embaçando, muita dor na barriga, cambaleou até que seu corpo tombou ao chão. Ficou ali um bom tempo, caído, quarando no sol junto com as panelas. Os pais e sogros, que dormiam, nada puderam fazer.

Quando despertaram, a mãe chegou primeiro e viu a cena. Ainda tentou reanimar o corpo, fazer massagem no peito, mas Nando já estava morto. Ao seu lado, de pé, os orixás sagrados aguardavam para o encaminhamento do seu espírito.

O pai, Seu Sebastião, ligou desesperado para o pai de santo pedindo ajuda, porque naquele momento, com duas mortes tão próximas, sentiu que faltavam as forças para cuidar dos procedimentos funerários outra vez. Estava completamente desolado. As mães gritaram e choraram alto, em desespero, pedindo misericórdia e forças a Iansã, Exu e Omolu.

No dia seguinte, no jazigo comprado para a família para o enterro de Elza, os dois ficaram juntos. Ninguém tinha condições para enfrentar outro funeral em tão pouco tempo, só mesmo a força do sagrado para gerar compreensão. Ali estava toda a família de santo, mais um dia em compasso de total tristeza, choro, desespero. Ninguém nunca havia visto algo assim. Duas pessoas que se amaram tanto e que tiveram um final tão triste. Uma morte com música, outra em completo silêncio.

Esta obra foi composta em Arno Pro Light 13, para a Editora
Malê e impressa pela RENOVAGRAF em agosto de 2023.